U0939339

衡阳
青春雁行如诗

《诗刊》社　编

CNS PUBLISHING & MEDIA 中南出版传媒
湖南文艺出版社
HUNAN LITERATURE AND ART PUBLISHING HOUSE

图书在版编目（CIP）数据

衡阳 ：青春雁行如诗 /《诗刊》社编. — 长沙 ：湖南文艺出版社，2022.10 （2022.11重印）
ISBN 978-7-5726-0878-0

Ⅰ. ①衡… Ⅱ. ①诗… Ⅲ. ①诗集—中国—当代 Ⅳ. ① I227

中国版本图书馆 CIP 数据核字（2022）第184528号

衡阳：青春雁行如诗

HENGYANG:QINGCHUN YANHANG RU SHI

《诗刊》社　编

出 版 人：陈新文
责任编辑：陈小真　张潇格
营销编辑：沈世悦　王　琦
责任校对：艾　宁
装帧设计：弘毅麦田
湖南文艺出版社出版、发行
（湖南省长沙市东二环一段508号　　邮编：410014）
网址：www.hnwy.net
湖南省新华书店经销
长沙超峰印刷有限公司

版次：2022年10月第1版
印次：2022年11月第2次印刷
开本：889mm×1194mm　1/32
印张：8
字数：160 千字
书号：ISBN 978-7-5726-0878-0
定价：45.00元

本社邮购电话：0731-85983015

写在《衡阳：青春雁行如诗》前面

蒋祖烜

两个月前，《诗刊》社第38届“青春诗会”在衡阳石鼓书院火热相约，我有幸参与和见证了诗的盛会。向在这里戴上“青春诗人”桂冠的15位实力派诗人致敬，向中国作协《诗刊》社致敬，向全国各地的优秀诗人和诗歌评论家们致敬！

三个月前，铁凝主席、张宏森书记率中国作家集体来到湖南，启动中国作协“新时代山乡巨变创作计划”、“新时代文学攀登计划”，与湖南人民展开广泛而深入的文学交流，三湘大地热爱文学、逐梦文学热浪滚滚、余音袅袅。

千百年来，湖湘大地留下了无数不朽的诗人和璀璨的诗篇。屈原的“路漫漫其修远兮，吾将上下而求索”，李白的“雁引愁心去，山衔好月来”，杜甫的“正是江南好风景，落花时节又逢君”，陆游的“挥毫当得江山助，不到潇湘岂有诗”，范仲淹的“塞下秋来风景异，衡阳雁去无留意”“先天下之忧而忧，后天下之乐而乐”，谭嗣同的“我自横刀向天笑，去留肝胆两昆仑”，尽情抒发湖湘大地的气质与性格。特别是毛泽东同志的“为有牺牲多壮志，敢教日月换新天”，成为中国共产党人奋斗牺牲的形象写照。

当代中国，江山壮丽，人民豪迈，前程远大。湖南人民牢记习近平总书记殷殷嘱托，发扬“闯、创、干”的精神，决战脱贫攻坚、守护一江碧水、建设三个高地、赓续红色血脉，谱写新时代三湘巨变，为文学家、艺术家、诗人留下了丰厚的创作题材、充沛的想象空间。

诚如著名诗人吉狄马加先生所言“今天的诗歌还必须要由我们来完成”。五天衡阳诗会，诗人们将足迹留在了来雁塔、东洲岛、王船山故居、南岳衡山……生活就是人民，人民就是生活。诗人们真切地感受到锦绣潇湘的古色厚重、红色炽热、绿色盎然、夜色亮丽，并找到了诗神凭附的灵感，写就了一首首真挚、热情的诗歌。

地以文名，诗传百代。我们将这些滚烫的诗行迅速结集，以诗人浪漫瑰丽的角度，抒写新湖南的时代风貌，体现衡阳特有的诗情诗韵，再续了新时期《南岳唱酬集》佳话，将引发人民群众特别是文艺爱好者的热议与传诵，这也是“青春诗会”38届以来的首创。

湖南与诗歌有缘，湖南与诗人有约。祝贺永远年轻的“青春诗会”，祝贺永远灿烂的“青春诗人”。期待更多的诗人朋友来湖南行吟，挥写新时代更加绚烂精彩的诗篇。

2022年10月10日

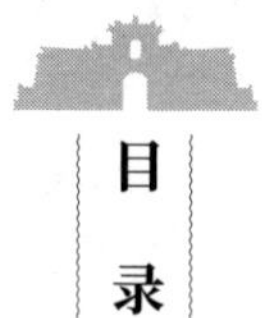

目录

辑一 一段青春在此重叠

辑二 衡阳雁去诗万里

辑三 月光照耀石鼓书院

一段青春在此重叠

来雁塔之秋（组诗）

/ 赵汗青

来雁塔之秋

这里秋阳如炽，是大雁
都想永驻的温热。燃烧着河，燃烧着春夏
不知道是否会燃烧到冬？冬天，不冻的长江
会不会如一条银色的丝带，留住
不再远飞的大雁？来雁之塔
留雁之城，把在长天横翅掠过的意象
深深地印在了汉语
水草丰美的记忆里。
登上来雁塔，我用目光模拟
飞行的轨迹。走下塔与山峰
我用双腿逆流追寻，千百年来
诗人攀登的足迹。

船山之林

这座山自带摆渡的意味。在风景里
摆渡绿色，在乱世
摆渡生灵。它是抛锚在长江流域的
如山之船，也是横渡在历史云烟里的
思想之船。帆是傲岸
桨是乘风破浪的勇毅。天行健
君子以逆水行舟。树木撑着天
拄着地，我突然想起每一位在古老的
时光中死去的士大夫，都化成了一棵棵
耿介的脊梁，撑住信仰
像树干撑住树冠一样，撑起
不屈的灵魂与文章。

火神山

青山像一捧燃烧的
绿色火苗。沿着青烟上升的曲线，我们
汗流浃背地，走到了火焰
发蓝的地方。这里，热是一个神
供奉在夏天的祭台。烤全树、水煮云
干煎草地……浩浩荡荡的祭品远眺
下去，连连绵绵绵绵密密密密麻麻
的绿。我说：你看，这山像不像一块
放了一夏天的蛋糕长满了绿色霉菌？
你欲言又止的神情，仿佛声带
也一瞬间被绿霉封印

这山顶的部分构造像
长城的阑尾。寄居在烽火台里的火神
你是在招呼盘古救驾吗？还是哪吒？
这年头，神早已不信神了。只有
神都不眷顾的灵长类，虔诚地
虔诚而又滚烫地在
滚烫的大殿外祈祷，头顶着

刚开辟了湘江线业务的更年期阿波罗
我们在浮满绿藻的空气海里
品藻人物，声音的刀刃
劈开一颗又一颗漂流瓜

瓜汤四溢。瓜汤
为我们打上高温腮红，嘭嘭的
哗哗的。光明磊落，我想起你曾跟一位王子
一起守在暗处，张挂起
藕断丝连的命运。天气落网，白日梦落网
夏天落网，树木放走他们
捉住的鸟。

去来雁塔（组诗）

/ 陈翔

去来雁塔

到塔里去。去看看
雁为何不再南飞。

到塔里去。去看看
石雁眼中的风景。

到塔里去。站在塔上
看塔外的晴空碧日。

到塔里去。尽管知道
塔里塔外空无一物。

登来雁塔

雁非燕。
登高远眺不为跳远。
词与物的易容术，原本
容易，但当你身临其境，
才知道并非如此——

词语并不真实，除非
将它踩成道路。一步一重天，
出口越来越窄。用手用脚
用心，爬；幻想眼前路
是石头做成的天梯。

登上塔顶又如何？
这灯芯的顶点，并不承诺
通向永生。你的难题，
不过从塔外转移到塔内，
从平地升高了百尺。

在来雁塔

天空是一匹蓝色的马，
窗口切下四只蹄子。

战利品递向你眼睛，
像挂在墙上的画。

永恒的画布拒绝你，
尽管你渴望融入。

在高处，另一重塔顶，
引诱你无限攀登。

上衡山（组诗）

/ 苏仁聪

离开衡阳

最终，我们在这个城市的不同地方道别
在机场，在人潮拥挤的火车站
在薄暮时分，在树的阴影中，在午餐进行时
我像一个战争结束后，急于回家的士兵
背着包离开，那一夜的歌声将成为内心的
回声。穿过时间，穿过历史的漩涡
五个长夜如同在大厅寒暄几句
鹰飞走，雪豹回到故乡。我们将像兵马俑
困在各自的城市，尽管湘水流淌
有人每晚梦见赫拉克利特，最好的回忆是
在石鼓书院，我们讨论夫子究竟
看向何方？那个流浪他乡
如丧家之犬的古人
最终变成石头，站在祖国的各个角落
他的分身已然足够，而我们
只有一具笨拙的肉体，拖着沉重的行李箱

跟随一架飞机飞到天上，要去自己的国土

挖出自己的命运，书写自己的历史。

上衡山

必须找到一种，登山的方式
拾级而上，或在大巴车上打盹
有一阵子我累了
就坐在一棵古树下休息
进入短暂的梦乡
英雄远去，那些在衡山上拔剑相向的人
也在尘烟中困苦，消失于想象
很快就到山顶，夜雨潇湘只是一片
绿色的大地。不要在山顶谈论历史
那些登过衡山的名人早已回到土丘中
只有我们坚信伟大，只有我们铸造永恒
所以我们高歌一曲，把湘江唱到天上
让它变成细雨落在馆驿，落在我们的内心
我已经看不清，我们驻留的城市
它小得像是刚刚诞生
多想有一个人
在湘江的孤舟上，老病，忧国，我下山
是为了安慰他

8419：衡阳

别人并不知道这串数字的含义
我们也秘而不宣。
那是将来的一个梦，梦进入
芬芳的房间，使我们在醉酒的凌晨
谈到，喜马拉雅的化石，海洋，正在衰老
雪山在长高。而衡阳的潇湘夜雨，并没有
在期待中，如期抵达。我们只能自己
营造氛围，关闭通信工具，给自己想象孤舟
雨伞，江湖的剑气。写诗是一种自救
我们需要自己授予自己至高无上的荣誉
以便在人群中，辨认自己，潮湿的灵魂
诗歌站在虚无的荣誉身后
闪光，退缩，灰暗。我们只能推开窗户
看大街两侧，涌出高楼
涌出爬上楼房的人们
随后，他们平静地躺下
等待街道从宁静变回喧嚣
而那串数字，越来越费解，它已同我们的生命
纠缠在一起。

来雁塔中

去机场的途中我才感受到，塔中的幽暗
迟来的体验如同，突然明白祖父临终时
某句话的隐喻。请宽恕我，无法当场发出赞美
在候机大厅，又陷入古人的困境，这是一种
荒诞的体验。塔中狭窄，只能容一人侧身而过
这是宗教般的启示，它告诫我们，任何时候
我们都只是孤身一人。有时，在某层塔上
看见窗口射进来的阳光，落在斑驳的佛像上
会得到安慰与生命的指引，它教我们
下楼，回到喧嚣的人世间，碰杯，欢语
我还没有登上塔顶，就在光的引诱下，伸手
触摸，正午滚烫的时代

访船山故居（组诗）

/ 张慧君

访船山故居

玻璃柜里陈列着历史物品的复制件：
一把有一处小破损的黑色油纸伞
和一双带泥土痕迹的木屐。
它们诉说着我们时代缺少的传奇故事
明朝遗民船山先生撑伞穿屐的志节。
总有什么东西充满生命力，
就像我们前往湘西草堂途经的荷塘，
酷暑中池塘水干涸，淤泥裸露出来，
但仍可看见有嫩黄小莲蓬的粉色荷花。
总有什么超越时间绵延长久，
就像门前先生亲手所栽的高大柏树，
就像树龄500余年游龙一般的古藤。
“衡岳仰止”，我们这些后代人前来瞻仰。

在石鼓书院

澄蓝的湘江与青绿的蒸水汇聚，
如衣带般环绕着悠悠千年的书院。
葱茏草木和鲜艳花朵沐浴着阳光，
它们不知历史为何物，不懂山体岩壁上
被岁月漫漶的石刻，更不懂
书院建筑曾屡次毁于战火，经历了
历代的重建和修葺。但这也好比
四季轮回，每当春天来临时万物复苏。
“没有历史的民族不能从时间里得救”①
我想着曾经这里的讲学授徒和学术之盛
且将个体的小小的灵魂融入历史中。

注释：

① 引自艾略特《小吉丁》。

祝福

来到衡阳度过了美好的几日，
中心主题是诗歌、友谊和足迹。

湘江蜿蜒流淌，波光粼粼，
祝融峰顶，游人香客如织。

我也仿佛是一只南飞的大雁，
然后带着南方的祝福回到北方。

古柏邀我临崖而坐（组诗）

/ 卢山

古柏邀我临崖而坐

远山辽阔，道法无边
白云高高在上，如古老的神
俯瞰着苍茫的人世
登祝融峰，昨夜的酒水
还在胃里翻江倒海
此刻，被寺庙的一缕青烟安抚

拾级而上，古柏出没
如一位位深山里的隐士
邀我临悬崖而坐
我们御风赋诗
枝头几只鸟雀叽叽喳喳
仿佛伴读书童
连忙提醒：使不得呀使不得

将古老的往事托付于风中

烈日下，城市汗流浃背
湘江和来雁塔岿然不动
我拾级而上，登七级浮屠
幽暗的石洞里，一尊石像雕塑
拦住去路。面容漆黑，手持画卷
如临江赋诗的旧书生
数百年间被困于这方寸之地
等待一个诗人的来临

我躬身行礼，问兄台别来无恙
他答风月无边，此地甚好
从墙壁上斑驳的文字里
他领我一一辨认，找到前生
江水滔滔，白云朵朵
是谁在日夜摇曳着铜铃
将古老的往事托付于风中？

惊雷炸裂于江水之中

天地酷暑，唯有书院清风徐来
仿佛一个时代的清凉之地
我们挟裹着诗歌和青春
大汗淋漓闯入蒸湘耒三水
用一场诗会向先贤前辈致敬
年轻人摩拳擦掌舞文弄墨
在青瓦朱甍和廊亭苑阁中
聆听张栻朱熹二先生的辩论
将青春的诗句忝列摩崖石刻
当我们朗诵热气腾腾的诗句
李忠节公祠梅花探出头颅
铜铃要挣脱枷锁展翅翱翔
石鼓无声，青年人内心的惊雷
炸裂于新时代的江水之中

青春诗岛环游记

让我们读出这几个字：青春诗岛
推开黄昏的大门
被溪水领进云朵的腹地
野花长在地上
诗歌开在天上
石头和树木交替生长
果园里遍布甜蜜的火焰
仿佛是专门供给诗人
在此写诗、恋爱和虚无
在利民村，我找到了这个地方
热浪催促我们极速登岛
它唯一的通行证是：
只有不停地写诗
才能抬头看到黑夜里的月亮

此去三千里（组诗）

/ 刘娜

在湘西草堂

枝叶在墙上缓慢地书写
风吹动四百余卷，八百万字
端正的楷体走笔无声
阳光下这宣纸明亮

枫马远去
藤龙上红色丝带纷飞
祝福的字词一起朝向堂前热切地祈祷
瘦削的身形在堂中端坐
沉思的模样更像是思想本身
衡岳仰止，门槛外的热闹不过是浮生

光线逐渐从草堂告退
大片荷塘撑开荷叶，准备接纳时间的坠落
回望时依稀窥见
王船山行迹图上，红色标记微光跃动

合江亭

以推开雕花木窗为令
湘江、蒸水、耒水奋身一跃
合力用浩然之气掀翻我的帽檐
发丝纷乱，几分形而上的古意

窗下浪花聚拢千年诵读声
三水倚在亭脚，静等夫子解惑
涟漪轻声，像是对提问应答
细雨从别处远道而来
拜在合江亭下

高音部分当属湘军
曾国藩、彭玉麟曾在此练兵
带着湘音的口令箭簇般掠过河面
擦过楼下讲堂，楼上藏书
中间阳光照射之处
岁月正在藏起锋芒

烟火记

一群少年穿越稠密的青翠
细长胳膊间或闪现，雪白的翅尖
他们准备去一只丹鸟的最高处
在衡阳市南岳区
1300米的落差正从古道迅速缩短

青春的山风几乎不可阻挡
带着喜悦的呼啸
他们轻盈地拂过前人的足迹
祝融峰越来越近
着黑色T恤的女孩率先登顶
手搭帐篷向下张望

她望见无边云海正在霞光中翻涌
尘世由此朦胧
蒸腾而神秘的人间
早早在此刻做出隐喻

望不见厚达1300米的岁月之外

由此推后二十年的自己
正来到山脚
站在南岳庙门外升腾的烟火里

此去三千里

——寄 38 届青春诗会诸友

此刻我们已经登顶并在云雾中转身
风景在车中摇摇晃晃
为仍在青春里跳动的心而酩酊
告别总是要等到告别之后
携着欢笑
不曾意识到正行走在告别的路上

澎湃的青春适宜高举
一饮而下还有杯中的余晖
我们陆续说起
那些曾在乡村的田野孕育
曾在苍凉的边疆陈酿
曾在海的咸涩和沙的磨砺中
慢慢释出鲜香
彼此生命中诗的由来

沉默后有人突然高歌
如同独自走在深夜石鼓的街头

不同的人生里，一段青春在此重叠

我们将在无边烟尘里渐渐隐去熟悉的面孔

而回忆在此妥善安放

登来雁塔（组诗）

/ 梁书正

登来雁塔

一步步往上，我们是最先登顶的人
最先触摸到白云的人

举目眺望，江水汇入天际
尽头处，可飘着孤帆，送来一位故人？

我们都是命运大河上的泅渡者
来雁塔，成为暂时栖息的一座孤岛

让我望见茫茫人世的
除了奔涌而逝的江水，还有大雁
从故乡捎来的消息

到了中年才登上命运的一座塔顶
我要让大风好好吹一吹
吹走身上的尘埃和疲惫

我要借助大雁的翅膀，再次

朝着辽阔而蔚蓝的苍穹，腾空而起

漫步湘西草堂

那挂满红布的大树，饱含人世间所有的祈祷
茂密而幽静的竹林，足够痛哭一场
平静的洗砚池，装满了命运的忧愁和悲喜

在僻静处，我静静坐着
一会儿与一根竹子成了同桌，一会儿和两片叶子
学会了合掌

登顶祝融

平静地打坐，虔诚地祭拜，开心地合影
我登顶，是为了什么？

五年前，一阵清风松开我盘着的双腿
四年前，一轮满月扶起我伏拜的身躯
此后，时间的长河，一遍遍梳理我的羽毛，清洗眼睛

如果有所收获，那就是
奔波多年，终于离苍天更近了一些
可以对他说出以前他听不到的话

可以伸出手，替他擦干眼中的泪水
让他俯视人间时，更加慈悲而庄严

来雁塔（组诗）

/ 龙少

来雁塔

铃铛上打滚的风
是大雁寄存在人间的音符
我去时，它们正弹奏着初秋的
天高云淡
初秋那样美
我在来雁塔的伟岸里
看见尘间宽阔的安宁
正携着一只白蝴蝶
翩然舞蹈
菩萨端坐在龛阁中
一种慈祥透着不近烟火的淡然
人到中年，我已没有不解之事
需要与之倾诉
小窗透过的光，缓缓落在石砖上
落下也可以如此明亮
像时间重新在某处找到了起点

我在石阶上站着

等天空出走的云朵

在湘水上排列着新的方程式

等大雁留下来

带着无尽的大海、远方和神谕。

花的庙宇

八月的夕颜接住了天空
滚热的馈赠。一朵花用自身的美
在栅栏边构建起夏日的庙宇
当我们从很远的地方赶来
微风为我们竖起晨曦的灯盏
和浅紫色的海
我们在花瓣上找到了衡阳翻滚的阳光
和鸟影。此刻，整片天空的镜像
落在它浅紫色的花瓣间
这些形而上的接纳
让人惊诧
现在，我们来过
被每一缕阳光
和湘水簇拥，仿佛我们原本就属于这里
同每一株草木，做过邻居。

游王船山故居

我们去时，荷花已经谢了
一池碧绿叶子密密地挨着
石阶铺满我们的脚印
竹林和松柏在周围建构着夏日殿堂
我们在每一处绿茵前停留
听导游讲解草堂的历史
我们所仰慕的先贤哲理
透过一草一木展现出来
和不远处低飞的白鹭一起
让人心生宁静
而我未写出的湘水
正和石鼓书院的松柏，讨论宋明理学。

在石鼓书院

那时，阳光掉在地上
替它擦拭脸庞的，是湘江碧绿的流水
当我穿过十五首青春诗作
来到石鼓书院
丝竹管弦因宁静而格外悦耳
踩着石阶往上走
听导游讲解每一处景致
直到微风将我带到一面石鼓前
直到江水送来船帆，汽笛
和隐约的蝉鸣
我们围着石鼓，像围着厚厚的书笺
一种无声的力量，在阳光下
显现着自身的淡然与平和
现在，我回到我的故乡
写我的诗句，一些永恒
因厚重而彰显出神秘。

在船山大桥眺望湘江（组诗）

/ 何不言

衡山

车径直朝天空开。
有几次我想停下来，和青松步行。

来自平原、山川、盆地的方言，
抖落身上的泥土，共振。

海拔1300.2米，石头爬升到南岳尽头。
所有启示在等所有人：
铜炉。香灰。从光中析出的风。

四周，巨型群山匍匐在地，
接受光的布施。

我因站立青山之上而自卑。

在船山大桥眺望湘江

第一阵风绵密，江水不为所动，
几秒后，倏地弹出皱纹。

云停下，捧住水面的光。
绿色足够深，必定逼出金色。

蜜蜂义无反顾，误入新的花园，
烈性子的风自我革命。

游船上，客人用争论完成对大雁的想象；
少年潜入地下河，俯身探到白玉。

在古典的落日中，我和你都站立着——
江里，明朝人赤脚在走。

石头

一些诗句，比我们的名字
先刻上了石头。

十几块石碑和树并排站立，
对望，沉默，较劲。

汉字活动关节，在树荫下
接受叶脉的轻度催眠。

此刻是石头的循环记忆：
风擦拭字印，来人不敢高声语。

在对未来的想象中，
石头以最安静的速度在生长。

即使我们死去，石头仍留下来，
流动的风不进入时间。

听着书走路的声音（组诗）

/ 沙冒智化

悄悄移动

坐上自己，推开眼睛
都能看到什么
那是衡阳她本身的存在方式

掰开的手，拿着自己
在风中拉长树木、河流、古语
直接唱响自我

树叶不会妄想给水添水
石头不会妄想给大地增加压力
我也只拿走我自己

石头的纹路，阳光的味道
不再传说谁的力量
只有你，衡阳自己

用心，照明一条河，两条河

在三条河的下面

能抵达最古老的时刻

听着书走路的声音

我的眼里下着一场暴雨
书本里的天气刚好中午

耳朵里怀有云抓着天走的声音
时间在骨子里开花

古人的心跳声瀑布似奔我而来
书咬着我的舌头闭上了气

衡阳书院的大门和地板
给我翻译了她最初的样子

水中酝酿的呼吸
说着石鼓的眷顾

敲响石头之命

一根草，闻着太阳的味道
鸟飞过了自己
风钻进时间的缝隙中
抱着一块石头的呼吸

关于石头，要说这片土地
带有古老的阳光
敲响的眼睛里装着白天和黑夜
上下连着三条河流

一只蝴蝶的胸口掉下的颜色中
滚烫着两只耳朵里的鼓声
双脚抬起的石头在每条街的窗口
扶着大楼和生活的脸

背着人情的每一块石头内
流淌的白发
拴着千万年的星空
说着平安的美

登南岳（组诗）

/ 程继龙

登南岳

在此，我不想获得山的高度
也不想延长肉体的寿命，这些
都太陈旧了，我只想被草木
染绿衣裳，只想低吟着
汇入白云的动静

更幸运的是，来了一群同类
多少年了我们在昏暗的
隧道中打着灯找寻，现在
却朝夕晤谈，携手同游
其中有人在高原雪山上参悟过
北斗七星的秘密，有人
在万人如海中深藏起功与名
有人在口耳渐多的烧烤摊前
抱着双臂观察、记录人情世态

更多的是端起酒杯祝福，把着
陌生的野花寻找命名的词句

这让我相信，在夕阳落山后
肃穆升起的整个星海
可以搬演到我们所置身其中的
时代，我们就是其中
心意相通的那几颗

在衡阳

流水仍源源不断地到来
山在此有偃息之势，仰起头
在长空看到雁影，于是想起那个
经过很多朝代和诗人加固的定律

逗引出一连串的命题。有即无
来和去本是一回事，在某座看不见
的苍山背后，季节堆积
而羽翅和鸣叫的深层，并不存在善恶

冥思即将导向禽鸟学
诸如骨骼的低密度，起飞的原理
但很快恰当地中止，回到了
身心与天下的范畴
将月光、天风都包藏在一粒
巨大的白茧中，安然地
坐在里面吟诗、吃茶、思远人

我从友朋和数字云中抽离

究竟是成功还是失败，千百年来

没有人能够回答

我装作坦然地坐在了球体的弧线下

雁的影子仍然焰火般落下来

来雁塔

这里是它们的远方
数千里的日夜兼程，风餐露宿
羽翅摩擦风刃的声音

突然耸起来的地平线
进去一看，也不过是光线黯淡
泥菩萨坐在砖石砌成的龛阁里，脸上
带着恍惚的睡意，有时拨响檐间
并不能掉下食物的风铃

还有人类，布衣或官服
高矮或胖瘦，侧身从仅一尺
宽的过道里爬上来
挥着汗望望江水，想想
来和去的事情

于是，大雁不走了
在这里做窝、孵育，保守那点儿

临时的暖意，或者

完成自己的一生

访蔡侯祠

我相信在此有人会遭遇一个命题
身体的残缺与一张白纸之间有什么关联

而白纸有泪水的光泽
有雪花的贞洁
月光的灵动

这些仍不够
白纸化成黛瓦下清白的垣墙
延伸成一个个史家微言大义的
字里行间，这还不够
它漂洋过海，铺展成
一种文明的维度

这些只不过是为了弥补
一个人肉体的痛楚、精神的不甘
至今，竹子还在郁郁青青地生长
渔网、绳头还在天真地集结

在衡阳（组诗）

/ 林东林

石鼓书院所寄

进了山门之后
便是武侯祠，李忠节公祠
接着是大观楼，七贤祠
再接着是敬业堂
朱陵洞，会讲堂
最后是合江亭
有多少人像我一样
沿着这条路线
一一看完这些景点
又有多少人像我一样
在看完它们之后
来到最高处的阁楼上
空望着栏杆外
滚滚而去的江水

参观来雁塔的一种方式

一座四百多年的塔
一些来到塔下面的人
你也是其中一员
参观是你们
来到这里的意义
一些人上去了
从他们所在的那一层
朝窗外招手
一些人没有上去
躲在墙边的那片阴凉里
望着他们招手
你走到院子外面
搜集着炎热空气中的
那一丝丝微风
这也是参观的一种，你想

对祝融峰的记忆

一个孩子睡着了
一个伏在一个男人肩头的
孩子，睡着了
他该是他的父亲
所以他才能在他的肩头睡着
才能睡得那么踏实
他抱举着他
沿着台阶走上去
走到栏杆边
对着一个女人的镜头
摆弄出这样那样的姿势和表情
这一幕被我看见
被我记住
被我从祝融峰上带下来
写在这首诗里
穿越东洲岛

这是古衡阳八景之一
是湘江流域的三大洲之一

四面环水，树木茂密

有庵殿，有书院

有古树，有芭蕉

有老房子，有新景点

岛不算很大

乘电瓶车穿行一圈

你就都能见到了

我见到了

包括那块碧绿的草坪

草坪上那些

或明或暗的光斑

以及举着水管的那个清洁工

衡阳雁（组诗）

/ 王少勇

衡阳雁

小虎队的那首《红蜻蜓》
从我的童年起飞，一直伴着我
当我匍匐在地时
总能听到轻轻地扇动翅膀的声音
告诉我“好多梦还要飞”
当我漂泊，当我感到疲惫

此刻我在机场路拥堵的车流中
窗外突然出现一只红蜻蜓
像是来送别
像是在对我说：去吧
去成为那些大雁中的一只——
像是天空的声音

祝融峰顶

手持高香的人们
排着队拾级而上
他们已来到这片土地
最接近天空的地方
带着对未来的祝愿
或是心中尚未融化的坚冰

阳光轻抚着四周的山峰
灌溉着山间的稻田
也前往他们默念的
学校，医院和工厂

衡阳的夜晚

肯定在哪里相识过
我们几个来自祖国各地的
异乡人
在三条江水汇合的地方
一见面，就如同挚友
碰杯，歌唱，碰杯
一首诗的节奏
在这个夜晚渐渐生成
肯定有一个秘密
肯定曾有一种相同的事物
流经我们
喝醉后我依然确认
那事物不是河流
也不是血液

访石鼓书院（外一首）

/ 鲁娟

壬寅年七月廿二访石鼓书院

三水相汇，依山而居
鱼虫鸟兽兴盛，草木松柏葳蕤
石鼓不语，经书深藏
——
无数先贤聚集复消散
几度战火焚毁又修缮

这一日，它岂止接纳并原谅了
十五帧青春身影的莽撞、盲目和喧哗
另为他们在沉默的回声处
投下厚重而宽大的浓荫

来雁塔里听风声

来雁塔里听风声
一万种回响自上而下灌满身体
酷暑顷刻清凉
过往皆获宽恕

“北雁南飞，至此歇翅停回”
途经的每一位旅人
都是其中任何一只大雁啊
虽短暂安住，一生都在回望的路上。

登来雁塔（组诗）

/ 也人

登来雁塔

别过蒸水对岸的石鼓书院
沿着湘江北去的脚步
用暴雨洗净真身
推开雪帅演武[①]时沉重的大门

拾级而上，风铃在檐角招引
平息澎湃的呼吸和激情
进入每一块青砖的内心
那些南行的大雁，不再展翅[②]
从此安身伫立江边

注释：

① 彭玉麟，人称“雪帅”。演武，在演武坪训练水师。
② 衡阳，雅称雁城。相传，北雁南飞，至此歇翅停回。

风暖过无数春秋，也凉过
浪洗刷沿岸的泥沙
洗不净石磴盘旋的尘埃
落满每一层台阶的缝隙
细微的厚重填不满八棱的空心[①]

登顶，并不算真正的登顶
不像一座山，总有路的尽头
眺望，望不到乡音
每个方位都有着不同的过往

石鼓的书声也隐忍了百年
只有风铃不时响起
清脆而忘我，浸入灵魂
湘水蒸水耒水，彼此不语
一如对一座古塔的虔诚
闭上眼，也是满世界的景致

注释：

① 来雁塔结构，七层，八棱，空心。

一江碧水灌溉青春

暴雨将至，干涸的田地也睁开眼
一眼望到天明，乌云被狂风抽打

七月的湘南，是干蒸的馒头
湘江的支流们，有些饥渴难耐
露出河滩的泥沙，或断流抗议
上游的人们，在哀叹中望眼欲穿

轰隆隆的马达，不舍昼夜地抽水
为救治失血过多的土地，将针头
插入湘水的动脉，一江碧水灌溉

结穗的稻田，裂开的肌肤渐渐愈合
泛黄的脸回到青春，母亲微微点头

入伏的秋千

入伏了，秋千抑制不住
激情和北方吃饺子的习俗

它一直躲在那长廊一角
被四根铁链捆绑，一声不吭

风霜雪雨常来
夏的热鞭也曾抽打过它

漆黑午夜，它掏出心中的光
照亮木槿的花香，白如玉桃的红

没有风，它自己摇晃自己

衡阳雁去诗万里

游石鼓书院（外一首）

/ 马迟迟

游石鼓书院

从航拍机的取景框中进入衡州城的天际线，
石鼓书院是这画册中最别致的一页。
一艘存在于广角镜头中的巨型楼船，停憩在
正午江水的反影中。过禹碑亭，登大观楼，
在合江亭上打望。那里，一座沿江的城市正为
一部旅游大片拉开巨幕，摩天楼和过江大桥，
皆在你抒情的镜头语言中，找到对称的张力。
此刻，一种美，会因夏日炽烈的光焰
显得触目惊心。一种过曝的影像术美学
让这个公正的时刻没有暗角，洞穿欲望的底片
一种美会像静止的树叶，像石鼓不响
在这无风的碧波之上，只有那陡峭的飞檐，
还在诉说朱熹和周敦颐论道的奥义。

游来雁塔

来雁塔上已无雁，矗立在
江边的矮丘上，一座城市的精神灯塔，
会让你的镜头瞬间失语，
像一位摄影师的地面机位，
无法破译一座塔意象的全貌，
破译江水带来历史的隐喻。
调整光圈、焦段和快门，
你迷失于语言的滤镜之中。
我们去来雁塔，让我想到
一位诗人的“大雁塔”，
想到“他们上去，又下来”，
就像我们今天的旅程，
会止于一张日常的打卡照，
哦，来雁塔，我最终没有登上去，
没有跨越你，隐喻人生的“七级浮屠”，
这并不重要，修辞与否并不重要。
来雁塔只是一座塔，它背后壮阔的风景
也只是风景，塔上的风也只是风，
风上的云还是云。只有当我写下它们时，

来雁塔才可能是一座别的塔，
就像我的影像，在它客观的记录中，
拥有了新的想象。

没有耳膜的石鼓

/ 车延高

书院里存放的思想越多
石鼓就越沉默

静
是思维自选的面壁
可以放大一只蛐蛐的吟唱
让翻书的手，碰醒一颗心

听见屈原投水，那一声心跳
听见汉字为诗歌移行挪位的脚步
听见月亮和星星在远处说话

当各类嘈杂在沉淀中明心辨识
一根针落下
没有耳膜的石鼓，也能准确找出
试图藏匿破绽的颤音

正在鼓面上打坐的时间一动不动
远近
皆是天籁

一面鼓能做什么（组诗）

——青春诗会·衡阳走笔

/ 华石

一面鼓能做什么

合江的地方
再配上万古斜阳
鼓打鼓，往往是聒噪了些

但并不妨碍石鼓
能饮冰，能堙没，能歌舞
能在秋天的夏天里
分辨出
是读书声多一些
还是杀伐声重一些

亦能破壁，或敲山震虎
等难凉的热血
击撞出自己的鼓点

假如杨度未到东洲

那湘绮楼还叫湘绮楼吗
帝道真如，匡民救国
真的都交付岛上
这堆顽劣的石子吗

木匠，铁匠，女弟子
当然也会写诗，会作画
但那桃浪，不是少了一份
逸奇，以及汹涌吗

或者设若，被罗汉寺
某位夜游的和尚
先一步收留呢
蒲团禅板，茶鼎熏炉
当年明月会更加参差吗

又或者说，二十一岁的杨举人
摇橹而来
又看云而去呢

假如寻觅，折转，并无意义
往来船山学院的，所有青衫袖口
还会有风吗

湘西草堂的草

草搭了一所房子
不甚牢靠，别号湘西

一年来看一次
一次可能看一年
屋前屋后，仔仔细细

看匆匆建成，缓缓坍塌
看残破与重建
冷清与喧哗

看一叠一叠的纸
悬腕出龙蛇，大象与蚂蚁
搬进来，运出去

草把光，把墨迹
整体暗淡了下来

湖南的稻子熟了（组诗）

/ 刘年

湘江水

水，从老远的湘江挑来，大娘浇得很慢，像在喂孩子

斜阳射过来的时候，一瓢瓢的，像在喂蜂蜜
夜幕降临了，又像在喂芝麻糊

那只丰满的月亮出来之后，一瓢瓢地，就像是在喂乳汁

湘江

静水流深，完整无缺，一点也看不出来
刚才有人以屈原的姿势，衣冠整齐地跳进湘江
又以落水狗的姿势，爬了三次，才爬上岸

烈日下骑车，就像冲进了一个巨大的吹风机
衣服和头发很快就烘干了

走进会场，没有人看出来，一小时前
我曾以屈原的姿势，跳进湘江
又以落水狗的姿势，爬了三次，才爬上岸

湖南的稻子熟了

稻子的黄，比菜花要深沉，又不像沙漠，让人绝望
八百里，看不厌，年年看，看不厌

长沙浮出来了，衡山浮出来了
当老农把稻草像烽烟一样点燃

你就会明白，那些年轻人
为什么愿意为这片土地，血战六年，伤亡二十多万

我们一起去看稻子吧

他们去看博物馆和开发区，我们去看稻子吧
河流在村庄外交合
风牵着苞谷，苞谷怀抱着三个孩子
所有的路，都适合私奔
我像老农民一样注视着你，你像稻子一样垂下头去

羊峰的稻子熟了没有

稻田里有很多眼，不确定，哪是黄鳝，哪是水蛇
只确定，每条发光的田埂，都通往一个家

出于对稻子的热爱，经常吃三碗饭
出于对稻子的尊重，会把饭粒捡起来，喂进嘴里

李四的凉粉车，好几天没来，希望是羊峰的稻子熟了

壮丽辞

精卫填海，夸父逐日，愚公移山，杞人忧天，我在写诗
火中取栗，水中捞月，我还在写诗

不去管福与祸、得与失，只去管，爱与痴
千夫指，我为之；不能为，也为之

我想把这一生写成一首长诗，一天加一句，一月加一节
想像昆仑山一样，保留自己的荒凉、乱石和雪

衡阳雁去诗万里（组诗）

/ 刘起伦

回雁峰

永恒站在那里
回雁峰
让浪迹天涯的游子知道回家的路！

南岳七十二峰之首。山峦回望
寿佛源头。纵有万语千言
却表现得沉默是金。让倾听代替言说
任那带着雪花的翅膀、追赶白云的心
年年复述天空的湛蓝，人世的辽阔
任四面八方的风吟咏同一首诗
——万里衡阳雁，看尽江山无限
雁来，都是秋风故人
雁去，因为大地春回！

在石鼓书院遇见甘建华兄

羞于告诉人，我这个年过半百的
衡阳人，此前竟然没拜访过石鼓书院
今天有缘亲近，满心欢喜
我说，没错
是我心中一千次想象过的模样
我允许自己借助诗韵的曲径通幽
让灵魂与这一方千年文脉同频共振
就像蒸、湘、耒三水于此汇聚
然后浩浩向北
心中那面石鼓，早已雷动澜生！

你握着我的手说，因诗缘
我们兄弟得以在大观楼聚首
然后，又骄傲地向天南地北的诗人说
“我们是衡阳人，衡阳人都是好人！”

诚哉斯言！没有人不信你的话
从朋友们满脸真诚和敬意

我知道，他们读懂了这一方水土

读懂这座书院的风骨节操

读懂石鼓山，于沧海横流中

怎样的立定乾坤！

初秋的衡阳

我需要找到一个诗眼
点亮我心中的衡阳
这点小心思
早被你勘破。多么幸运
我也在这一刻得以开悟。窥见天心

你看，大自然季节更替
总在夜间悄悄进行
白昼暑热尚未退去，夜间清凉渐渐潜入
酝酿韵律。有人要在南国乔木阔叶
写下唯美动情的诗句

我还预感到，秋声浩荡时
才是最美衡阳。北雁南飞
天空的湖泊多么湛蓝。大地的湘江
绵绵无尽，叙说人间沧桑巨变
古老石鼓书院，以经久弥新的姿态
伫立蒸、湘、耒三水交汇处

除了将自己和盘托出

还要上演一场让历史铭记的青春诗会

祝融峰

在万众的顶礼膜拜中
高耸云霄，雄峙南天

祝融峰！
从不曾为谁改变姿势
一缕晨曦，万斛星光
夏季雨水，冬日狂雪
四季风云变幻，宇宙的万有引力
在此，不过是围绕火神，演变世态万象
而你，心无旁骛
向尘世彰显禅定

我在不同季节
多次登上此峰
如果说，这一次登临
又有新悟，那便是自欺欺人
但我毫不谦虚地说
早已读懂，一个自性清净之人的

心中乾坤。南岳四万八千偈语
无非一次次阐释天地间最简单的事实
群峰之上，是云的故乡！

壬寅盛夏，在衡阳（组诗）

/ 刘笑伟

千年石鼓书院，写下青春的诗

夏天的风已然老去
既然翻不动书
就在阴凉处稍息、立正
教深绿的银杏树叶
喊“沙沙”的口令

禹碑亭石碑上的点画
如达达主义的诗歌
让人尚未找到解读的密码
沙场的檄文已下达
却无人读懂其中的奥妙
围观的人密密麻麻
如字迹，被岩石一点点凿进阳光

还有这面巨大的石鼓
被岁月的手术刀摘去了声音的耳朵

沙场秋点兵。秋天即将降临
难道会让“霜重鼓寒声不起”的诗句
抵近石鼓山的喉咙

不！经历了黑夜的轰炸
石鼓山的草木愈加苍翠清新
战斗的渴望，让碧波上阳光的子弹
上膛，一粒粒压进江水闪烁的枪口

2022年8月，一群年轻的诗人
走向石鼓山，像一群长着青春痘的水兵
让江水变得更加深刻
石鼓书院正像是一艘战舰
在浓密的阳光下展翅欲飞
他们就是来翻动石书的
他们就是来高声朗读蝌蚪文的
他们就是来擂响这面沉寂千年的石鼓的
一边是蒸水，另一边是湘江
耒水在前方召唤
他们开动战舰
向着平庸的没有诗意的生活
——宣战

平衡的艺术

衡山，宛若一架天平
绵延数百里。衡阳之美，重在平衡
一边是蒸水，另一边必须是耒水
江水才是平衡的
一边是石鼓山，一边必须是曲兰镇
学问才是平衡的
一边是来雁塔，一边至少有东洲岛
景色才是平衡的

湘水澄澈，芳草萋萋
在船山书院，披着夕阳与水色漫步
皇皇八百万言的著作放在一边
哲学与文学的天平必然是失衡的
除非在天平的另一侧
摆上衡山的七十二峰
或许，还可以加上
我的一册薄薄的军旅诗

1692年，午时的明月

——写在王船山故居

那一年，正月初二
他，头戴斗笠，脚穿木屐
陷入大雪与严冬的重重包围

午时。湘西草堂三间茅屋内
他躺下来，头枕一轮明月
内心的光明，让一生渐渐安静

彼时，有思想的舍利形成
透明，闪光，坚硬，散落书桌
屋前荷塘，未来的莲花已隐约绽放

石鼓，谈诗（组诗）

/ 安琪

石鼓，谈诗

——兼致也人、龙少、苏仁聪

一江纳二水
一江湘江，一水蒸水，一水耒水

语言如湘江
也需纳众水，或清浅如小石潭，或
雄浑如大河，语言之水滔滔，取一瓢

即可浇灌枯竭的灵感

这个夜晚我们谈诗
谈语言之于诗的意义，年轻的你
自带一条江，江流滚滚供你取用

而我已人到中年

而我已挥霍完属于我的那条江

现在是我开始掘井的时候了

石鼓书院

小岛如舟
停泊于湘江之上，舟上有道观
名寻真，有秀才李宽读书究学

遂更名书院，此唐元和初年事

韩愈之后，陆续有李士真、周敦颐
朱熹、张栻、黄榦讲学
连同李宽，是为七贤

他们如今以雕像姿势
立于广场，迎四面八方客

我到书院的时候
尚有十五位青春诗人青春诗作
以易拉宝形式遍布沿途，新人与古人
在此接力薪火传承，如此甚好

石鼓双江水：湘江、蒸水
昌黎一首诗：《题合江亭》

我等今日到此，是否亦能
留诗存世？且请拭目——

禹碑文

其实无须穷究其意
每一个字，姑且称之为字，其实
更像一幅画，一幅象形画，其圆
如眼，其横如线，其竖如竿
其曲如蛇、如水、如飞翔
天宇之雁阵、如汇流衡阳
之三江

关于禹碑文
我忆起金庸小说述及的一幕：
武侠中人一生所愿无非抵达某岛
岛上有洞，洞中有壁，壁上有诗

石鼓，青春

——《诗刊》社第 38 届青春诗会有感

我从青春回来
一阵晕乎，青春太猛，青春太烈
烧煳了我的身，烧煳了我的心
我从石鼓回来，青春在石鼓安居
青春的脸啊
个个不同，青春的笑，青春的小情绪
个个不同。我从中年出发，抵达石鼓
就是抵达青春，你的青春，他的青春
你们的青春
在石鼓穿上白色 T 恤，在石鼓书院聆听
名师开讲，中华文明。你们的青春登上
来雁塔
越走越窄的阶梯，是攀登的艰难，亦是
知识顶端永远属于少数人的象征
你们的青春在青春诗岛读到自己的
青春诗篇，在岩石上它们熠熠发光
如同永恒的星辰

这一日我跟随你们，来到石鼓

我进入了你们的青春在你们的青春中

我亦欣欣然张开了眼[1]，看到了我的青春！

注释：

① 欣欣然张开了眼：引自朱自清散文《春》。

来雁塔之问

/ 李少君

万亩荷花，十里垂柳，随处竹林
如此风光遗产，还剩多少？

半池月色，一泓清水，数点蛙鸣
何等闲适心态，还余几分？

吟两句诗，抚一曲琴，养一夜心
这样的隐逸君子，还有几个？

情似湘江，顽如石鼓，固若衡岳
此等节操胸襟，当下何处可觅？

年少时在南北各地行走，怀此疑问
现如今东洲岛上船山书院或可解惑

我有四分之一的衡阳血统（组诗）

/ 李春龙

向东去衡阳

连接衡州府与宝庆府的衡宝路
是一根藤
邵东是藤上的一个灯笼

邵东向东去衡阳的路上自古繁华
先是一条石板大道
脚夫与官轿同行
然后是柏油路
拖拉机与中巴车轰鸣
再是拉直的水泥路 S315
大货车与小汽车随着朝霞暮云穿梭
现在又加上了高速与高铁
一个小时即到
如蒸水赶去
与耒水湘江在石鼓书院旁

把酒言欢

不过对我来说
在大兴村老虎坪
只要向东一抬脚
就到了凤歧坪
就到了给我一个外婆的衡阳

大隐隐于菜塘湾

十亩荷塘
三间茅屋
枫马绝尘
藤龙向上
莫急亭里余音宛在
到衡阳县曲兰镇湘西村菜塘湾
目之所见
乃今日湘西草堂
心之所念
多往昔夫之灯火

在衡阳县曲兰镇湘西村菜塘湾
我猜想大隐隐于市不过是
难割难舍灯红酒绿的托词
大隐隐于菜塘湾
才有八百万字力透纸背
一路浸染历朝历代

自此以后

我所不时记挂的已故衡阳老人

除了外婆

又加一个

我有四分之一的衡阳血统

从小经常带我的外婆
她的眉眼、神态、举止
和那些勤劳、隐忍、善良
还有无法掩饰的封闭、固执、小气
在我的身上
皆如云中弯月投影在方塘
隐隐约约
唯有一开口
就拽不住的祁东口音
在大兴村哪个角落都藏不住

外婆是凤歧坪人
凤歧坪是祁东的一个乡
祁东是衡阳的一个县
当我清楚这些简单的道理
知道自己有四分之一的衡阳血统时
2007年冬天
专门也是第一次去了南岳

登上了祝融峰

那是外婆穷尽一生

也没有到达过的远方

雁城（组诗）

/ 李啸洋

雁城

湘江穿过大地的静脉
夜开始显像——
尘世与深秋，总有一个不变。
月亮在江畔磨镜，
雁鸣唤醒春山空寂的内部
扑闪的几声乡愁，跌入
时间的回光。
春天，南方芦荻抽出新翠
归雁在衡山停回
湘水间，飞羽划出道道天痕
声音流满北地的疲惫

衡山

山有坚定的根。
依凭着根，松木得以超脱肉身
靠近云雾、太阳和泉水。
黑夜厮杀成一片
山的根，只有坚定的一个。

林木绵延，万叶在星光间聆听清凉之源
时间微澜。河流苏醒
水声掠过大地
白雁道出佛的语言。
鸟的肉身，
栖在经书的句子里。

莫急亭

——访王船山故居

竹林清空身体，一阵风
轻轻卷过木亭的前额。愤懑时，静下来
午夜烧一根烛
借着星光，火在风中独语
秋天穿过江山。未过九月
雁声蒙着北方乡调
乌云遮月，昨夜树影坠下
苦苦的孤鸟，掠过经书中的白雪
时间变得久远，秋霜里
人间又老去一层

石鼓书院的鼓声

/ 毕俊厚

借故绕道衡阳是有企图的

初冬的楚地，树木显然萧瑟了许多。不过
叶子的翠色，似乎映衬着浓雾中的建筑物，有了
迷离之感

清晨，光线不足的街道，湿漉漉的。青石板
像水洗了一样
枯藤上，架着一轮若隐若现的鹅黄色太阳
行人寥寥。车流仿佛是一节节不均匀的腊肠
向远方的尽头驶去

此时，隐隐约约中，有鼓声传来
在这样的清晨，激越的鼓声，像是
雨点在敲击湖面。湘江，蒸水，耒水，三条大江
均匀的小坑，先是被鼓声填平。随后

从合江亭溢出的琅琅书声

平铺于三江之上。密密麻麻的蝌蚪象形文字
在抑扬顿挫间，一气呵成

鼓声渐清晰渐响亮。青草桥附近的店铺，却
挤满了翻书声

墙内墙外的人，似乎隔了1200年
似乎，鼓声专门是为书声擂动的
似乎，三江的潮涌，早已跳出历史的典籍
在石鼓书院的藏书阁里，安营扎寨

石鼓书院穿越青春诗会（外一首）

/ 杨克

石鼓书院穿越青春诗会

蒸、湘、耒三江汇聚石鼓山
俯瞰三塔锁穴眼，环水凭虚
如此宝地自当风云际会
进了山门，内立一面大石鼓
这石鼓有谁能敲出鼓点吗？
可我在石头里听见了年轻的心跳

大观楼往下看，心载天下的儒家
以及青春环佩的当下诗人
蛟龙鸾凤穿越到此
一日吟尽步虚坛，望尽衡州船

巨槌擂响廊檐下的皮鼓
声波的律动传布衡阳
古代是中举的佳音

当今是高考的捷报

此刻则是启动青春诗会

书院起始于唐代，宋太宗赐匾额

唐诗与宋词可谓古诗的塔尖

唐代以诗取士，与此相合

现在来的也都全国遴选

这在盛唐就是中举，下面的广场

有他们的巨幅照片和诗歌展示牌

一个小岛还有石头刻的他们的诗

如同功德牌坊，立在村头彰显荣耀

千多年前王维就是状元

他的诗写得好，官拜尚书右丞

可写得好的李白无缘科举，他家是商贾

杜甫也屡试不中

如今落选的青年肯定也不乏巨匠

只愿来者吟好诗，今古同炼九转丹

但中举总值得高兴，如同苏东坡

三五好友自然要小聚喝一杯

仿佛春风得意马蹄疾

汽车跑得更快，一日看尽雁城美
他们使我想起我也曾青春
也曾在秦皇岛，也曾经诗会
于是携老挈幼同游飞花令
千顷波澜谁引领，万斗诗书古犹今

口占示禅师

——作王安石同名古诗新题

去年离开南岳之时，浓雾弥漫
我置身混沌之中，人影上上下下
身形依稀可辨，却看不清真面目
有人以为犹在半道，生命却登临绝顶
听月夜穿过幽暗芦苇的飒飒风吟
有人看似最后几步，脚下却漫漫长途
见鸣叫于水湄沼泽的青鹭之声
谷中？山巅？人生几何
前路摇曳动荡，后路晦明晦暗

忆起前年返回沩潭
捧一盏淡茶与风雨对坐
山间巉岩飞泉，烟桥浩渺
想起希孟生如蜉蝣，穿越千年踏波而来
寿比青绿山水
山下临渊照水，犹如铜镜
祈愿坦克无人机入库，导弹放喀尔巴阡山

亦如云淡风轻

谷中？山巅？世事几何

如如不动，念念无生，不被境转

从白龙潭上福严寺（组诗）

/ 张战

从白龙潭上福严寺

山陡弯多
四点五公里
我带你走一条少人的路

樟、楠、柞、朴
油松、马尾松、金钱松
世上仅存九棵的绒毛皂荚

珠颈斑鸠叫一声就磕一下头
白胸翡翠鸟叫一声翘一下尾巴

强脚树莺叫
轻长的拖音后有陡峭的仄韵

往福严寺去
第三个弯

右手一棵千年梧桐

银光闪闪

天地间一支熊熊巨烛

日夜不熄

在此停下

久久站立

山的那边

风越过龙一样的山脊

香炉峰下忠烈祠的松涛

隐雷滚滚

送到耳里

福严寺

马上杀敌

马下学佛

阿罗汉的第一汉译是杀贼

这一方土地

这多产的地母

生养了多少神灵、草木

多少走动、飞翔的生命

安抚了多少沉沉睡去的灵魂

下山还走这条路

我要带你去山脚吃一碗素面

多放花生米和豆腐干细丁

磨镜台

从南台寺往上走
登二百零六级石磴
到燕子岩下
马祖庵前

暮色将至
我踩着青苔
离去又返回
当年七祖怀让磨砖为镜
在哪一块岩石

怀让定有一张今人的面孔
倒回去一千三百年
我会静看怀让
以砖磨镜

糙石为砺
也需要磨很长时间吧

最后
怀让手里捧着一个空
我得到一面镜

怀让师父
你当然是对的
我自然也懂了

但我执意要保留我的笨拙
依然选择持戒、打坐
冬春夏秋
疑惑又坚定

我选择
在一条细长而悬浮的虫丝上修行

南岳圣帝殿里的黑衣妇人

那妇人着旧黑衣
四肢伏地于祝融圣帝像前

为何你头发里有乱草
指甲里有黑泥

双掌合拢于头顶
一动不动
无声无息

你与谁同来
从何方土地

瘦薄似只二维
许久
背上蝴蝶骨微微一颤
才让人放心

四周祷词发光

外面鞭炮爆响

两队香客在殿前大坪相遇

各自列阵、唱号

黑巾黑衫

跪拜出一个太极

她如无

但她身下的地砖碎裂

她有重力

我静等这黑衣妇人站起

我已认出

她这世间的悲苦观音

衡阳行脚（组诗）

/ 陈惠芳

南岳七十二峰

每一条山脉，都是绿皮火车，
也是高速列车。
每一条山脉，都是站台，都是停靠，
都是上与下，都是顺与逆，都是快与慢。

南岳七十二峰，七十二个站点。
从回雁峰到岳麓山，从首峰到尾峰，
在地图上，
我的目光用了3秒，
我的手指用了30秒。
高铁，时光的压缩机。
从长沙南站到衡山西站，
仅仅30分钟。

衡山山脉听见，

雪峰山脉、武陵山脉的心跳。

我听见，衡山山脉的律动。

繁星闪耀群山。

文脉连绵，山脉连绵，血脉连绵，香火连绵。

石鼓书院

我不是来敲鼓的。石头很硬。
我不是来打更的。没有木梆。

盛唐之后的那位李宽，
是不是藏在石缝里，长成了眯眯眼？
那些线装书，读着读着，
字体也掉了，批注也掉了，
成了石头，成了树木，
还原成空灵。

禹碑亭的蝌蚪文，我念出了一片蛙声。
朱陵后洞是不是真的与南岳朱陵洞相通？
石壁上的一只枯眼，还在眺望蒸湘。
一个书童与七贤擦肩而过。
那个书童好像是我。

石鼓山站在水里，站了亿万年。
最凶猛的洪水，也只能打湿腰身。

合江亭

茫茫大地，躺倒了很多液态树枝。

湘水、蒸水握手之后，耒水也把手伸了出来。

包容，被包容。

欢快与苦楚，交融。

登高者，被天空鸟瞰。

炽热的目光飞溅，惊叹号稀释成省略号。

几个渔民，划动在蒸湘的掌纹之中。

小船与倒影，构成静美的十字架。

珠晖塔像一口铆钉，钉在远方。

左右开弓之后，

我的左手与右手慢慢靠拢，

将三两阳光拍击成了水声。

回雁峰

南岳七十二峰，回雁为首，岳麓为足。
我旋转着岳麓山的一片枫叶，
停落在回雁峰上。

秋深了，更深了。
冬天的影子，在河那边，在山那边，
晃动。
北雁南来，越冬春归。
大雁寻觅着人间的温暖。

平沙落雁。高峰落人。
从空中来，从地面来，留下韵脚。
不足百米的回雁峰，
却成了领头雁。

来雁塔

湘江，耒水，蒸水。三江。

来雁，珠晖，接龙。三塔。

三生万物，便有了这么多山水，

这么多人与雁。

那边有回雁峰，这边有来雁塔。

天高云淡，暂不见雁南飞，但众人蜂拥而至。

塔有七级，七级浮屠。

节节高，节节低，

自塔腹鱼贯上下。

极目远眺。似有雁阵，呈人字。

人在天上走。飘飞，却有结实的灵魂。

湘西草堂

湘江之西，有三间茅屋，
只是普通的农舍。
因船山先生，成了天下闻名的“豪宅”。

从金戈铁马到悲愤诗韵，
横刀立马的一介书生，
羸弱的背脊被磨炼成了坚硬的回音壁。

时空错乱。
每一次踏访湘西草堂，
我只相信这一把刚劲的紫藤是真的。
纠缠了几百年，纠结了几百年，
至今不肯松手。

湘江北去（组诗）

/ 郑小琼

湘江北去

江面发怒的月亮隐于水银
暴躁的光：江鸟的纤毫
它们蓝色的面孔
一棵松树在风中
——它弯曲
巨大沉默绷紧的彗星
树枝，它
忧郁的手探过池塘般寂静的夜
噢，明月，高空的水银
细密的孤独，闪跳不安的心
在松枝间勾勒出湘江
蓝色的水面
无言的水鸟携带亮闪闪的寂静
飞过

秋山空寂

空寂。白垩纪的风声
升起。钟表的指针
对抗。黑色的树枝
空寂。明亮的鸟鸣
透明的鱼从天空游过
月光从溪石上浮出
秋山装不下多余之物
鸟鸣从空寂中溢出
我被空寂从林间挤出
下山
剩下空寂
覆盖石阶的苔藓

南岳禅烟

我用手洗溪水
晚霞敲南岳寺的钟声
带禅的烟
自诵经声中间升起
石阶铺满求卦者的背影
时间在落叶
骨折般的叹息
消逝云雾深处

雁塔夜鸟

树枝在夜空画出寂静
惊鸟破画而出

窗内，梦在幼童的脸上安栖
屋外，星星张开金色的羽翼

花药春溪

蔷薇在窗外开花，阳光在上升
鸟雀的影子越过草尖
风没动，只有一些爱
缓缓经过，屋舍战栗一下
微苦的尘世，在光线里
幸福？——不会少于今日的太阳
也不会多于今夜的黑暗
紫杜鹃在对岸山坡开放
灰杜鹃飞过溪流
在日光和水流声里
我俯瞰
一线青烟似的鸟鸣升起
一种明亮的风景在诞生
在它分泌的光线里
匆匆一现的神明在闪耀

烟雨雁岭

鸟在烟中叫了很久
仿佛我活在人间

雾很深，淹没鸟的声音
尘世很浅，露出我的悲伤

在石鼓书院（组诗）

/ 贺予飞

辣椒炒肉

油亮的辣椒与花猪肉在油锅里发出嗞啦啦的声响
看着青绿色的皮肤变得柔软，再长出褶皱与虎皮斑
你带着凹凸不平的心事，迈入中年时代
服务员把菜端上桌，几双筷子接连入盘
这咸与辣似乎吸收了室外的高温
灼热感迅速在口腔弥漫，你不得不打开紧闭的唇
以及心灵的盔甲

这十年来，你将理想灌注到标准化轨道中
“六经责我开生面，七尺从天乞活埋”如当头棒喝
一股火辣辣的痛意袭来，带着愧疚与不安
你埋头吃肉，但并没有夹起一块辣椒或肉
大多数时候，你处在茫然无措而又必须行动的境况
只能用混合了蒜瓣、豆豉的佐料
作为徒劳的掩饰

黄花或忘忧

起初，我并不知道你的名字
这嫩绿脆软，带我回忆一株植物的青春时刻
而当我刚成为一名母亲，就来到你的暮年
婆婆把晒干的黄花菜放进锅里
这是一道专属于我的食材，在更远的山村
闺蜜寄来的黄花菜挤挤密密
传递她的消息

人越长大，越容易被时间施中魔法
我更愿意叫你的别名，忘忧草
在一座理想建造的高塔中
周围的人来了又走了，唯独我一动未动
这片土地有三万吨忘忧草
用煮、蒸、炒和凉拌之法，变幻出生命的各种形态
只需一秒，我脆生生地喊出记忆中那个少女

卖姜翁

往事前尘不可追，你种下一片姜园
妻儿相继离世，南明倾覆
到了知天命的年纪，良药何处寻？
刨去泥土，剖开一截老姜，姜丝细细密密
横亘在躯体内，有太多心结要打开
吃下它，无所顾忌地流泪吧
昔日一起论学的人杳无音信
泡盏姜茶坐于山中
一人与圆月对饮

在石鼓书院

与碧蓝色的波涛相对的，是一个执剑的书生
三条江水在此密谋
整座禹碑亭如同衣袍，被他披在身上
风猎猎作响，一代又一代文人拾级登临
在波涛里建造诗学
时间的崖壁生出褶皱，或深或浅的字体翻飞游荡

石鼓声声，战事起
大雁从辽阔的疆域列阵归来
大观楼下人声鼎沸
无人问起那个书生的去向
江流仍旧拍击着礁石，有人认出
那是一千年前的剑意

日夜书声下洞庭（组诗）

/ 谈雅丽

石鼓听书

一条苍青的大江藏有神秘的召唤
湘水幻化为神鸟的翅膀
蒸水紧贴洁白的水岸
来了一次小小的飞行

我们在三江汇聚地相遇
浪花簇拥着年轻的我们
在诗与远方的天空下仰望
石鼓山，搬运来多少春秋
就搬运来多少锦绣文思

石鼓书院的国槐与梧桐
禹碑亭里奇妙的蝌蚪文
合江亭下古老的碑刻
大观楼前躬身的学子
拇指一样摁在江流汇聚地的洲汀

锁定了我们生命中的江天流水

有琅琅读书声从石鼓中传来
是列席而坐的儒生，在论辩理学思想
肩披清冷月光的他们，对应于我们
在灼灼烈日下义无反顾地奔赴
石鼓铮铮，来自澎湃的心潮
唤来江中一尾锦鲤侧耳聆听

千秋卷轴铺开在天地之间
七位贤达静立在不绝的时空深处
我们在猎猎风声中细数逝去的帆影
唯有江水茫茫，涛声不绝
——石鼓咚咚，在江阁之上响彻千年

平沙落雁

用一束阳光点燃潇水的渔火
夏末晚晴，我们去登来雁塔
江边碧树，被江水染得熠熠闪光
而千年古塔的铜铃声在细碎作响

登塔楼梯狭窄，盘旋着通向学思高处
越往上越要看尽人世，洗尽铅华
孤独的登塔人怀揣秘密的火炬
塔内的佛陀与游人成为彼此的心影
真理落入滚滚北去的流水

用奔腾和静置作为时光的参照
用短暂与永恒化为爱的灯塔
我们登上塔顶，只见平沙落雁
想象的雁群落满洁白的沙汀
它们展翅一飞，带走了这个消逝的暮晚

夕阳跌落古塔，而潇水不急不缓——
向我们展开了无限与瞬间的分界线

游东洲岛

——兼致草树、马迟迟、陈惠芳诸友

人群散去，剩下同游的诸友
守着船山书院的古樟、青砖青瓦的藏书楼
和半卷破碎的《船山遗书》
潇水凝碧——环东洲岛后向北流去

一座碧树掩映的江中岛屿
我们像无意中惊扰到一艘停泊的船
江水迅疾，要带它往洞庭湖驶去
它却停滞在岛上漫长的光阴中

以风雨桥为系船的缆绳
我们用行走的脚步揽住了衡阳的肩膀
且停且走的友人畅聊着梦与人间
却听夫之的长叹从书院的角落传来

我们想走入船山先生的宇宙观里
草树研学礼教、乐教、诗教、船山学说
迟迟想用相机留下关于瞬间的哲思

惠芳拟用现世为古人作下一个注解
我迷恋于“贞固”的江河理想
幻想在钩沉的史书中藏下神秘的宇宙

我们短暂停留，想追赶时光的影像
却错过了那辆疾驰的大巴
身后书声琅琅，我后悔莫及
想伸手挽留江水，只听江中传来吟唱：
“脚步须慢，等等灵魂。”

衡山行（外一首）

/ 符力

石鼓书院

湖湘大地上的千古胜迹
四次湮没于兵火
最近一次，是民国三十三年六月：
书院和山上的建筑，悉数毁于日寇的炮火
零星石刻，暗结夜露，横斜于
浓烟散去的废墟
从飞雁的视角
从无人机的俯瞰里，都能看出
每次伤亡，书院都迎来更加强壮的
涅槃重生，很像
湘江的水波，落下去，又往高处上升
也似山间繁茂的树木：风雨过后
又挺起腰身，每片叶子都用闪光来回答
日月星辰

衡山行

——致程兄继龙

选择了乘车登山，车子就一直
把我送到南天门

多么熟悉的旅程：穿过影
穿过光，车子呼呼而行
我免除了自己从山谷到顶峰的徒步攀登
免除了汗流浃背脚丫出血，免除了
因脚底打滑而丧生悬崖的可能
作为相匹配的回报，衡山
免除了我对飞禽的亲近，对草木的相依
免除了我对群山秩序的认识，对层林深沉
流水清浅或迂迟的理解

祝融峰前，云烟飘忽
松枝微微摇动——谁的衣袖轻拂树梢
谁登场离场，领着自己的人间
我听不清山寺的佛音，无法分辨
去留的方向

多么熟悉的旅程：车子呼呼而行

穿过影，穿过光

我就这样，与八月，与南方

互相走过场

和石鼓对视（组诗）

/ 梁尔源

和石鼓对视

看你久了
心中会长出纹理
经典在转化为钙质
宇宙所有的噪声
在蒸水中消弭
春秋之鼓
早破了
那些不用重擂的鼓
也响完了
但你仍完整地保留着
鼓的气象
知道你内心一直在搓揉世界
想让人间圆一点
再圆一点
让东西南北四方

都套在圆中

让人间的梦都能圆成你的太极

千年沧海桑田，刀光剑影

那么多的惊雷

没有敲响你

沉默孤独的坚守

告诉我

你在等一个人

等一个能石破天惊的

不拿鼓槌的人

后来人

在湘江边行走
须保持低沉
江水中那些高亢的绝句
仍晃动着南岳的倒影
那个举着火把的头颅
映红整条江面
簇拥在浪花里的
都是后来人的身影
后浪推着前浪
浮起星火点燃的那片彩霞
千帆竞速的景象
跻身在北去的涛声中
雁城那涌动的三泓激流
托着古老的航标
千年石鼓怀上闪电的种子
未来之鼓敲响之前
领头雁舒展了雄姿
在苍穹中

它们认准的

是来时的那条路

在南岳吃斋饭

在福严寺吃斋饭
方丈盯着僧人和食客
删除了交头，屏蔽了耳语
只有轻轻的碗筷声
在诠释“食为天”的尊严

囫囵着佛赐的米饭
刮走揩来的荤腥
打一碗清汤寡水
冲刷掉腹前隆起的陡峭
让良心更贴近小草
酒肉不再是穿肠的佛祖

肚皮里只留下君子之交
让米饭和南瓜亲吻
冬瓜与茄子交谈
豆角代肉身祈祷
大地呀

万物呀

我终将也是你的素食

在湘西草堂（组诗）

/ 雷晓宇

在湘西草堂

“六经责我开生面，七尺从天乞活埋”
在湘西草堂，我见到了这副
天底下最伟大的对联。庄严、峻绝
如双峰对峙，光芒闪耀的金石文字
仍见刀痕，写尽了世间文人的风骨
与境遇。两峰之间，王船山先生端坐中堂
孤绝得像是次日登临的祝融峰
终年承受着凛冽之气的吹拂——到了夏日
又成为难得的清凉之地。那一天
我们随着一辆旅游大巴，沿山路
蜿蜒而上。经忠烈祠，南天门
直上祝融殿，几日的酷热顿时消散一空
整个人也为之神清气爽。在山顶
我们看到了大团白云，在天地连接处
列阵、一字排开，仍存远古气息

想到湘西草堂边，那一片古木遮盖下的浓荫
与此遥相呼应，仿佛这两个地方，有一条
隐秘的通道。而船山先生画像和那副对联
又像是一面咄咄逼人的镜子，把阳光
从空中传递过来，照得我无处遁形

登高赋

每次站在悬崖边上，我都以为
那是世界的尽头。都想纵身一跃
无论是在花江峡谷、武隆天坑、天子山
还是此刻登临的祝融峰。每一次
遭遇这类让人心怀激荡的险地
我都会心神恍惚，以为只要
横下一条必死之心，跳下去
就会有一朵轻云把我托起
去往群星环绕的永生之门——
世界的尽头将在那一瞬间瓦解

在亚里士多德的宇宙悖论里
我愿意做那杆投向宇宙尽头的标枪
为此，我无数次在心中练习飞翔
两胁竟隐隐生出双翼。为此
我还通过夜以继日的写作
用诗歌修筑一条比世间任何悬崖
都要陡峭，都要险峻的天梯
哪一天，等我垂垂老矣，身轻如燕

就纵身一跃，把自己投向
命中避无可避的险地。穿过
生与死的夹缝，为众人
开启一道天门

在祝融峰

在祝融殿，女儿指着一尊
漆黑的塑像，朝我惊呼：
爸爸快看，他也姓雷
和我们是一家的

一团漆黑的雷神菩萨，闻听此言
把嘴笑成了鸟喙，成为诸神中
一眼可辨的经典形象

此生还有什么遗憾呢，我的女儿
那年才五岁，就用所学无多的文字
把云端的一尊神，领回了家

下山的路上，我们各带着一团
黑色的影子，穿过松林
直到暮色四合，雷神布满天际

不用多想，也知道
那一年，风调雨顺

南岳灵韵（组诗）

/ 廖志理

祝融峰

石头搀着石头
石头扛着石头

爬过了南天门
挨到了祝融峰

—— 一山的石头啊
全是汗水……

高一点，再高一点啊
就要摸到天了

脚一软
一群石头

卧成了一座寺院……

祝融峰顶

这时
一朵白云慢慢走过来
从天空走过来
朝圣般
慢慢贴上
祝融神殿的尖顶

而它的影子
慢慢向我靠近
我看见它在尖顶上
似乎是祈祷
又似乎是与祝融神
一阵耳语

然后在人群中
它选中了我
它轻轻地以它和神的影子
为我加冕

将我

覆盖

来雁塔

我来时
大雁并没有来
只有热风穿过塔身
发出灼热的嘶嘶声
只有阳光明亮
蓝天高远
我爬上去又爬下来
气喘吁吁
这肉身仍然沉重

而当塔的影子
我的影子
都映入江水

白云的翅膀
让湘江
让我们
都像雁群
开始在大地上飞腾

石鼓书院

浪花在拍打着石头
也哗哗地
叩击
拍打着夕阳

一条江似乎永不停顿
也从不迟疑
它只是在这里叩击
拍打

它只是伸开浪花的手掌
将沧桑的两岸
叩击出
一千堆雪

它只是将伫望的夕阳啊
叩击出
一天的
晚霞……

辑三

月光照耀石鼓书院

敲响古老的石鼓（组诗）

/ 丁小平

阅读石鼓

要读，就读一读这滴水吧
牵着秋风的手，英雄莫问出处
它也许是湘江的一个脚印
也许是蒸水的一缕魂魄
也许是滔滔耒水回望时的那抹乡愁

要读，就用月光作为药引
煮一壶疗伤的唐诗
把嗓子放大成鼓声，诵读千首
再驾一叶轻舟
把石鼓江山看透

要读，就披一身月光
洁身自好，在七贤祠
拱手，焚香，以墨为酒

与石湖居士同醉在

满江的湖湘文脉之中

要读，就要舍弃这一河碎银

洗净石鼓山千年肠胃

打马青草桥，夜宿朱陵洞

晨登合江亭，与武侯论天下大事

俱在一卷石经中见出分晓

敲响古老的石鼓

换一种身份　我就能与唐朝相见
与唐朝相见　是为了敲响古老的石鼓
我将学会穿上长袍　拱手作揖
拜一长者为师　受戒尺之苦
圈阅所有线装的朝代
用相熟的乡音　细读千年经书
在蒸湘之畔　寻求标点断句
杜甫的履痕尚在　一步咬紧一级石阶
河东　濂溪先生从未离开
余温尚在的酒盅　长满青铜的绿锈
盛满雪的衡山　高不过千仞
志士可以随洞庭微波随意翻阅　推开柴门
满目的沧浪　无从说起
江山稳固　合江亭属登高台榭
三江的奔波　断了回头的路
我要学会盘发　以绝句为簪
任凭浪打　绝不喊疼

三江汇合

石鼓山独秀，适合登高望远
水域宽阔宁静，倒影在水面显得有些多余
杨柳依依，正逆水而行
一桨一篙的过往，是江波在编撰旧事

三江不舍昼夜，在此汇合
各有各的宗教，各有各的源头
湘江带来主流的教诲
蒸水醉在草桥的码头
耒水调整自己的心跳，不悲不喜
一如一位智者澄澈的心境
明月升浮

在三江汇流处，怀远的心绪陡涨
始觉身世的错综繁缛，百态万象
终究离不开湖湘的正流

来雁塔

上升的事物，都有盘旋的命理
登来雁塔，暗室存在通途如旋涡
窄如佶屈的石阶，只有得道人在学着侧身
石头组成的百年史，历经风雨捶打
内在的骨头和火，炼出了消隐恐高的丹丸
一格小花窗，泄露了塔坚守的心机
咫尺之光，撩拨着曦光介入
一块石头苏醒了，所有的石头跟着睁开了眼
一座塔仿佛长出了羽翎，学着雏雁展翅
在雁城以北的罗盘中，找准方向降落
彼时，我如凿壁而入的一只百足虫
记住的世事，比记住自己的足印要多
即便哪天，南归的雁不再打扰塔的修行
不再衔来衡山暮雪

却道一郡佳处（外一首）

/ 天晴了

却道一郡佳处

还是这面巨大的石鼓
还是这座千年书院
硝烟已经散去，时光却永远不老
像这里的辉煌，一再被人提及

七贤立在广场，立在墙上
更立在后来者的心里
当你静心，仰视，韩愈来了
朱熹正挥写“一郡佳处”

琅琅书声，就在耳畔响起
孔夫子传授男女有别的交礼
屋舍旁的国槐，又一次探出新枝
绿叶间，仿佛藏着什么奥秘

登上绿净阁，看湘江北去

三江合流，岁月激荡
不得不再次提及诸葛亮
不得不提及李宽与李士真

仿若石鼓，曾真的被擂响
巨大的声音，传至百十里外
而今石鼓沉寂，江水推涌
今日之衡阳，岁月静好，雪后初霁

透过来雁塔窗口远眺

必须要来一次来雁塔
面向一塔灰砖土瓦
瞻仰一段四百年前的历史

必须要抬头
看看每个廊檐上挂着的铃铛
听它们在风中发出脆响

必须要走进塔里
在回环向上的台阶间
体会一次逼仄的人世

必须在每一层稍作停留
看看外面的风景
吹吹穿堂而过的清风

必须登上塔的最高处
把目光伸向塔尖
看一束光从天而降与地相接

然后学前人，停驻，沉吟

透过窗口远眺

感叹一回今日的大美石鼓

茅洞桥记（组诗）

/ 甘建华

茅洞桥记

提及这三个字，我的心头忽地一热
我的父亲生于斯，我的祖父葬于斯
我的先祖，六百多年前迁徙于斯

它通往祁阳和零陵的古道，我熟悉
连接衡阳市区的两条公路，我熟悉
通往世界的每一条小路，我也熟悉

甚至它的每一个山冲，房顶的炊烟
每一户人家，男女老少和鸡鸣犬吠
每一条河流和石拱桥，我也了若指掌

我见过每一株桃树开花，红艳艳的
见过每一颗香柚垂枝，沉甸甸的
夜深时春笋拱出墙角，我也听得清晰

虽是紫色页岩山岗，出产也比别的地方多
即便贫穷的岁月，节日却一个连着一个
桐油灯下苦读，大学生遍布各所名校

呼吸小镇上空的烧饼味道，真香啊
品尝青辣椒煮拎豆腐，多么鲜嫩
山塘中的黄皮草鱼，是我的爱与乡愁

天空中的每一只鸟儿，飞过茅洞桥
大地上的每一种树木，植根茅洞桥
我的每一次放声歌唱，都是家乡茅洞桥

福严寺的福

山门前的三株唐朝银杏
一场秋风冷雨之后
披上了杏黄色的袈裟

树下的老媄驰双手合十
向着银杏各作一揖
菩萨啊，感谢你赐我以福

她沧桑一样的掌心
握有三枚
饱满如月亮的白果

中秋夜石鼓赏月

所有远离故乡的人
今夜看到的月亮
都不如故乡的月圆
都不如石鼓书院的月亮
垂照万古，气象万千

我们看到的这一轮皓月
诸葛亮在此见过
杜甫、韩愈、柳宗元见过
徐霞客、王夫之、曾熙见过
我的祖先甘耀学也曾见过

天上的明月，地上的石鼓七贤
如果硬要把它比喻成
其中之一
允推李白的兄弟——
李宽，书院始创者

耒阳见袁隆平铜像

双手交叉胸前，仰望着自己的铜像
与自己对话，神情略微有些拘谨
用一粒种子，改变了世界的人
却从未改变对大地的敬畏和感恩

整整一百位，世界著名科技发明家
塑像林立的广场，围绕着蔡伦
巨大的铜像，展示着自兹出发的
造纸术，中国的四大发明之首

诺贝尔、爱迪生、黄道婆、莱特兄弟
我都只知其名，享受着他们的福泽
唯一见过的，只有袁隆平院士
可惜没有合影留念，引以为憾事

那一天：2001年9月8日
彩霞满天的古城耒阳，有圣贤莅临
多少帝王将相梦寐以求的荣耀
让我亲眼见证了——伟哉！袁隆平！

忽忆石鼓书院

/ 甘恬

在黄浦江畔，忽然想起故乡
想起石鼓书院
那棵银杏，该有一千二百余岁了吧？

湘江蜿蜒南来，河面上，既有唐宋的
琅琅书声，也有晚清湘军刀枪操练
祖先的身影，隐约出没其中

少时的我，曾在山头捡拾过
几片枫叶，它们被河风吹干后
夹在哪一本书中了呢？

绝非幻觉，而是再真实不过的意象
周边所有的楼宇
都高不过那尊石鼓七贤雕塑

石鼓嘴的月亮（组诗）

/ 宁乔

石鼓嘴的月亮

仿佛轻盈的少女，边走边用手抚摸
禹碑亭，武侯祠，七贤堂，大观楼，合江亭

仿佛融进了风里
在韩愈、李宽、李士真、周敦颐、朱熹、张栻、黄榦的石像
耳边低语
在低语中变得清澈，一切都在发光

天已睡去，小径已睡去
如果这时，你也坐在书院
你会听到月亮安宁的声音
你会和我一样爱上这条湘江、蒸水之间的摇篮
爱上满地松软的落叶
爱上众生，以及
一对散步的老人
——他轻轻地念着诗歌，她挽着他的胳膊，仰起灼亮的目光

石鼓书院

秋日薄暮，江面有风吹过来
一片树叶落下来
又一片树叶落下来

风轻叩老旧的红漆门
时光变得安静，缓慢

石桌上的茗茶早已凉透
书页上，落叶散发着质朴的气息

老者合拢膝上的书
夕阳的余光
照在他的脸上，恰到好处

来雁塔

走进塔内，古朴的气息迎面而来
阳光落进来，明暗之间
仿佛有熟悉的事情正在发生
——有我和我的朋友做过相同的事

山上的风吹过一阵一阵
流淌的河水带走了两岸
有时雪来坐，有时
落叶来坐

雁没有归来
倒是悬挂在八角檐上那只风铃
响了几百年

石鼓回信（外一首）

/ 刘阳

石鼓回信

潜之兄，落花时节，又是一番肝肠寸断
崂山归来，除了砍柴浇地
我并未练就真正的穿墙之术
甚至胸口碎大石，也不会了
接连三个月的细雨，被浪费成一条河流
望气者，拿云者，垂钓者，在此云集
整个下午，他们都在练习忧愁，表演深沉
临江草木葳蕤，不觉已是盛夏
但潜之兄，千万莫要问起前程
自早年乡试落第，我便不再读书
终日在庭院种葱蒜，写菊花，炖杂鱼
如若盘缠充足，我想去趟省城，研习岐黄
罢了！逸仙，树人或早有此想
近来泛舟于三峡，得见一女子
其父嫌我粗鄙，常做虎豹状，鹰隼状

终不得近身，为之奈何？

去日苦多，来日更是不胜唏嘘

王宝盖远走江浙后，雁城已如空巢

芒种过后是夏至，不知山中岁月几何

盼归。向知秋兄带好

石鼓广场千年的银杏

水落，而石鼓山出
禹碑古朴，一笔一画仍镌刻着
洪荒时代游过来的蝌蚪

三江汇流，那是哺育我们千年的母亲
鱼虾们用尽一生的热泪在此焊接
我们与古人共享着清风，明月

以及巨冠带来的荫翳
付梓的新叶散发着油墨的芬芳
根茎下，潜行着更为错综复杂的河流

岁月漫长！唯有耕读可解寂寞
这一树银杏如一本本浩瀚的典籍
由绿即黄，又由黄即绿，年年再版

又到莲湖湾（组诗）

/ 李霞

又到莲湖湾

机动船在江面留下航迹
又被风抚平
转过一道弯，又是一道景
一幅幅至美图画闪现在我们眼前

放眼莲湖湾
鸣鸟纷飞，荷叶田田
两岸树木绿得葱茏
水稻正在拔节，毛豆等待采摘
一湾江水蜿蜒东去
每一朵云都要经过渲染才能过江

天空、江面，互为镜像
又互相复制
而人就像一滴水，在江水中淘洗
此刻，江水、天空、朋友，互为三面镜子

浮云下的杨林古镇

秋天燃尽了热情
太阳是旧的
洣水缓缓流动
带来了上游的消息
风吹稻浪起伏
几朵浮云下面是古镇

古镇已久不住人
青砖灰瓦中散落残垣断壁
蛛网密结在斜开的门框上
百福神庙飘出香火味
古戏台咿呀声不再
麻雀扑棱，离开老宅
无人打扰的古镇，更加静谧

我们步伐一致
走在两百余年的青石板上
不可避免地
都将被这里的隐秘击中

雪花在冬日为南岳衡山加冕

你还记不记得，今年秋天
我们沿着梵音古道喜悦穿行
在绿的信赖里，走过灌木丛生
和松针覆盖的小路
脚步与落叶摩擦的节奏
像极了我在深夜翻书的声音
那时候雪还未下
华严湖一碧如洗
我们的声音环绕了众水的孤独

此刻，雪花静静地飘着
把那些我们曾经看到的看不到的
都隐匿其中
你只看到一场大雪为一座山
加冕的寂静
却无法知道
一场雪在一座山中盛开的秘密

南岳，有雾的早晨（组诗）

/ 张沐兴

南岳，有雾的早晨

寺门开了。雾侧了一下身，
风也侧了一下身。
那声吱呀
像是神将一座山移动。
没人看得到，大雾里的山
是偏向我们心的左边多一点，
还是偏向我们心的右边多一点。
或者山根本没有动
只是寂静被一双手推开了三尺。
只有三尺。
走到松树下的老法师不说话
他与松树在交换什么。
除了安宁，这一对老朋友
大概也没有别的什么可以互换。
那僧袍的深黄色
多么具体而慈悲的色调，

风与雾面对这面黄铜的镜子
都一副倾诉的样子，
其实并不出声。
没有语言可以打开这种倾诉。

祝融雪

类似的雪，落在典籍里
一首古诗尚未成型
纸还是白纸
雪地上还没有脚印

月光与雪
共同加厚祝融殿的铁瓦
寂静闪烁着清亮的光

一盏烛火的秩序
菩萨、众生都在默默遵守
想起这样的美终将融化
我对春天的爱，就没那么性急。

以祝融峰为标题

僧人已入睡。在晚课与早课之间
祝融殿、上封寺，浮在月光里
树的影子在行走
风大一些，会走得急一些
与人差不多
身体在原地，不妨碍灵魂也许去了远方
山下的衡山县城、隔着湘江的新塘镇，在黑暗中举着
灯火
总有通宵不眠之人
只要有光，这尘世就不算潦倒
我能感受到群山的蜂拥
若非写下祝融峰这个标题
这些傲气十足的默诵者
怎么可能将我围在中心？

湘江托起厚重的石鼓江山（组诗）

/ 陈群洲

石鼓书院

现代派的建筑里，住着声情并茂的
古典时光，浪漫的渔舟唱晚

大河东去，无非一场浪的游戏
三江兴会，写下河流的万古桃园结义
还有碧波，永远的激流
苦难与荣耀

潮起潮落，只在一部书里
若无其事地轮回。把酒论道的朱张
见证了从一条大船上出发的湖湘学派
滚滚涛声，尽是唐宋以来
各显风流的天下英雄

雁阵在天空中翻动春秋

一面大鼓，静守江山

漫不经心之间，已经敲出

岁月的千年锦绣

湘江奔腾着轻轻托起厚重的石鼓江山

雨落大地。河流抬起山色的锦绣
端午水以超出往昔规模
赴一场盛大约会

在青草桥附近相遇。是偶然，也是必然
时值夏日。焕然一新的石鼓
古典，依旧浑身书卷气息

群贤毕至。满腹经纶的大学士
还有很好水性。在三江相汇的激流中
坐而论道，永远不慌不忙

衡州无兵革之事。石鼓沉默
绿净阁前，天下闻人
谈笑间，指点江山

来雁塔，你的风铃在为谁演奏

通往塔顶的阶梯仿佛连着地狱天堂
那么窄，那么陡峭。几个轮回
就已经完成四百余年穿越

这时候，风铃响了。一位经历
明朝那些事儿的民间艺人，还在乐此不疲地演奏
音色粗糙而简朴，有时空之外的
厚重与旷远

守着长河、落日，和比天空更高远的静穆
声音，永远是风隐形的翅膀
一只落单的雁，在越来越深的黄昏里
内心，又一次莫名疼痛

蒸水

这么多年了，我们所看到的永远只是一条河流的局部
跟所有南方河流一样，我们看到它的蔚蓝
宁静。清澈或者浑浊。四季里
乡村和城市不断切换的倒影
它细小的浪花里折叠着春天的气息与走势
长达两百公里的妩媚身段，是大地上
每一天最早发出的光芒
它的名字，有时是蒸水，有时是草河
更早一点叫承水。流淌的形状
枝条般婉约。偶尔，有大海的激情跟辽阔
没有哪只船能够准确说出一条河流的
前世今生。它的隐秘史。某个瞬间
岁月，曾在它身上留下的印记
站在沉默的蒸水岸边，我们的惊讶来自它
从容的心态与气度。一面镶嵌在旷野的镜子
总会若无其事地忘记风吹雨打带来的波澜

故乡有面鼓

/ 欧阳斌

故乡有一面鼓，叫石鼓
鼓有山形，山有鼓名
立于湘江，数十万年，可能更久了

鼓亲水，水敲鼓，响
鼓恋风，风敲鼓，响
日月不敲鼓，只盯着鼓看
久了，把自己也看成了鼓
雨雪貌似敲鼓，偶尔也有点响声
实则是在心疼鼓
每一次来去，都在为鼓洗尘
雾让鼓时隐时现，神秘莫测

真正喜欢敲鼓的是人
许多人都想抡起大槌将鼓敲响
许多人都以为自己弄出的一点小响动
就成了震惊世界的巨响
我也曾去敲过这面鼓，想将它敲出巨响

少年时用无畏敲，青年时用热血敲
中年时用稳稳当当的世故敲
现在老了，方明白
人敲这面鼓的声音，比风的敲、比水的敲
小多了

现在我成了一只老雁，偶尔回乡
也会去看看那一面声动我心的鼓
现在我已不敢再随意去敲，惯常的做法是——
立定、注目、轻语、抚摸……

雨过石鼓书院（组诗）

/ 枫子

雨过石鼓书院

雷声穿过石壁，隔墙有耳
疲惫的伞撑着大雨
与黑夜道别："晚安！"

石鼓长鸣
七贤掩不住耳朵，与四书五经
彻夜长谈，古银杏及书院的千年史籍
与《水经注》辩论有关的青莲

石鼓江山

以前，总觉得石鼓书院
是唐宋七贤的阵地
是三江竞风流的阵地
是蛟龙腾浪的阵地

走近它，可见
四书五经向千年银杏倾斜
蝌蚪文向天地倾斜
风月入亭向杨柳倾斜

再走近它
鸣鼓向梅花倾斜
石鼓江山向东升的红日倾斜

唯一静止的
1944年夏天，衡阳保卫战
日本鬼子的炮火
飞削山头

石鼓

千年以降，七贤为槌
无数才子不停地敲击
蒸、湘、耒，三水萦回
为儒，为释，为道
为兵革之事
也为破甲之师

这无须敲响的石鼓
三面环水的石鼓
载歌载舞
像极了一艘扬帆的大船
满载着两岸的稻香

月光照耀石鼓书院（组诗）

/ 法卡山

月光照耀石鼓书院

在石鼓书院，韩昌黎的诗篇总会在某个江风徐来
的夜晚，喊醒澄碧的江水
为我引来此起彼伏的诵书声
与汩汩月光
一枚落在秀才李宽的寻真观里
枕戈待旦
一枚跌入李士真的酒瓮里
醉成千古绝唱
一枚盛开在周敦颐的太极图上
香远益清
一枚卧在朱熹形而上的义理之中
思索生死大义
一枚泅过张栻的湖湘学派
漾起一江蓝墨水
一枚躺在黄榦购置田畴的史册上
如稻禾在风中摇曳

还有一枚濡湿了禹王碑上的蝌蚪文
复活远古的神谕

先贤们在石鼓书院种下的月光
被三江交汇的秋风浣洗
照耀过香火鼎盛的祝融峰，泉水叮咚
的岣嵝峰，雁翔云天的回雁峰，以及
青苔斑驳的大观楼
在帝国的经书和宣纸上发芽，茁壮
足以治愈一切虚妄
我知道，如果某天
我皈依于石鼓书院的月光
借助如银的月光读书，诵经
与每一颗汉字相爱，写下生死不渝
的爱情，探究人间风雨
请你与我一道，心怀苍生，以清亮的嗓音
喊醒菩萨，与船山遗书中的侠肝义胆
用一场皎洁的月光，为一群翱翔四海的大雁加冕

石鼓书院及其衡阳印象

石鼓书院，江水是旌旗
青山，落日，渔舟
沙滩上的雁阵，需要足够的悲悯
和野心勃勃的书卷诠释

燕子山，在大雪后醒来
门楣上的天涯美学
是红菜薹炒腊肉
是黄昏时归乡的小路

伊山寺，梅花从琴弦上
落地生根，与月光退隐山野
怀念故人，宜抚琴，饮酒
在月夜研磨发芽的春风

福严寺，清苦的僧人
寒灯下抄经，诵读苦厄
嘹亮的钟磬与隐忍的木鱼
双手合十，草木慈悲

石鼓书院记

秀才李宽读书的草庐早已不在
唯韩愈的诗篇
仍在诵读石鼓的涛声与月光
我们不断地来拜访
是否有必要写一首诗来缅怀？
历史躲在佶屈聱牙的时间背后
吞吞吐吐
我们乃石鼓江山的后来者，以一滴蓝墨水
向湘江致敬，以三江交汇的浪花写诗
写阳光从苦楝树上落下来的甜
写槐树上的青苔、蝉声，与诵书声
其实，更多的
是默写内心波澜不惊的凌云壮志
以及遥望湘江北去时
眼眸中无尽的慈悲

来雁塔记

当石头长满了苔藓和鸟粪，透明的寂静
在塔檐的铃铛里泠泠作响
所有的人开始在历史里
寻找一支远征的大雁，那长空万里的雁鸣
如同一滴眼泪
让游子的眼眸隐隐作痛

涛声之上的蓝天被一群大雁征服
风不断地拍打岁月的河流
从塔顶漏下的阳光，是一排洁白的牙齿
咀嚼光里的尘埃与神的咒语
每个人都被迫在尘世交出幸福的祷告
像远征的大雁
在暴风雨里，辨认出故乡的星座
与石鼓江山不朽的诗篇

我们跋涉，攀登来雁塔的最高处
风，不言不语，早已皈依了佛门
但总有一页经书

隐藏着不可言说的星象与时间的秘密
以及柏拉图式的精神恋爱
像我，总会莫名地爱上这片操练水师的大地
顺湘江，过洞庭，入长江，浪迹天涯
肩膀上落满了雁鸣与寒霜
以及海阔天空的梦

回雁峰（外一首）

/ 胡丘陵

回雁峰

用一座小山，将翅膀堆放
天空如此辽阔，属于大雁的
只有温暖的云朵

去约会，还是去参加秋天的葬礼
在飞弹来来往往的路上
大雁，这些温驯的长者，泪流满面

大雁死亡在哪里呀
什么样的心事，要这样从乱石中长出
有一棵小草，就不是荒地

只有失声的喉咙，才知道凄厉悲鸣
只有诗人，才常常将哭声，吟作笑声

泥沙与泪水，搅拌成墙

在斜斜的梯子上，恢复飞翔的记忆

一只从梦中跌落阵形的大雁

在枯草的巢穴，想象天空

家乡送来了一车辣椒

一车比血还浓的红辣椒
来自我熟悉而又陌生的故乡
只看了一眼，就辣得我
泪流满面

这些红领巾一样的辣椒
是家乡念着初中高中的少女
平常没出过远门
今天，穿着清一色的红裙子
不懂事的她们，跟着懂事的医务人员
来到张家界

这些天来，每到夜里
我只能在诗歌中打打瞌睡
今天，终于可以和这些辣椒
说说家乡话

家乡也产红色的草莓
可我怎么看，都是妖艳的口红
那玫瑰的红，更不属于我们乡里人
这些能够把春天辣成夏天的辣椒

更接近我血的颜色

这些年，我东奔西跑
乡音改了不少
唯一没改的，是辣椒的脾气

这些红得发紫的辣椒
分不清来自瘦土还是肥土
曾经给我饥饿的童年
增加许多滋味

有一天，我烧成粉末
也是一抔辣椒灰

这是没有价格只有价值的辣椒
今后，在众人面前
我眼泪忍不住的时候
都会说，因为辣椒的缘故

故乡，衡阳（组诗）

/ 贺艳梅

衡阳，这个城市以雁为名

北雁南飞，至此歇翅停回
带着北国的清霜，在湘中的锦绣山河间
一排排雁阵穿透薄雾盘旋而下

择木而居的候鸟带来了远方的信息
这信息在大地上结成诗行，流入奔腾的湘江
湘江河畔，一个城市在诗人的唱和中升起

衡阳，这个城市以雁为名
以一座山峰见证年复一年的万里征程
以一方水土厚待远道而来的山河故人

衡阳，这座城市以雁为名
在诗人的笔墨下回响着大唐的壮阔与激昂
在边关的月光中慰藉战士的归心与怅望

衡阳，这座城市以雁为名

以千年的守望兑现一场春去秋来的约定

在岁月的轮回中，与大雁同行

在回雁峰前，迁徙的雁群停止了流浪

西伯利亚的秋风吹散马头琴的忧伤
吹来跋涉千里的雁行
在回雁峰前，迁徙的雁群停止了朝夕流浪

白云作舟，明月为桨
影过千山，以一个村庄拥抱另一个村庄
声穿万年，以一个故乡回应另一个故乡

远方在春天回暖，大雁在春天北上
诗人把烟雨还给衡山，把平沙还给湘江
回雁峰站在岁月的渡口，把晨钟暮鼓还给了时光

岁月不居，浩荡的长河不止
山峰守望候鸟，母亲守望远行的游子
她们在故乡的晨光里，矗立成一个永恒的姿势

石鼓山，像一艘御风而行的船

是湘水和蒸水的一次合掌，奏响了千年的绝唱
江涛击打石岸，涤荡了岁月的尘埃
能在大浪中屹立不倒的，是这一方土地滋养的倔强

那日夜不息的隆隆鼓声，是出发的号角
石鼓山像一艘御风而行的船，在岁月的长河扬帆远航
乘风破浪，顺着湘江奔流而去的，是湖湘文化的源远流长

乘着石鼓山穿行在华夏文明中的，还有千年的石鼓书院
行者站在山巅看得见过往，智者站在潮头看得见远方
石鼓书院的琅琅读书声，承接着过往与远方

远方，白发的老者泛一叶扁舟漫游在碧江之上
借东岩晓日撒下渔网，在西溪夜蟾中载一船星辉返航
雁城千年的文脉，在这星辉里散发光芒

石鼓书院的月亮（外一首）

/ 夏夏

石鼓书院的月亮

竹林的风吹过门庭，有线装书的气息
诗文高过秋夜
书院，草桥，扁舟，比前世都要矜持
柳树显得略微犹豫
蒸水在人间转了无数弯，终于在合江亭大彻大悟
茶肆中，我吹掉浮沫
月亮落入杯盏里
在深处与一个热爱的人会合
那位阁楼上的书生，依旧书声入耳
任凭西溪蟾声和夜晚一起停下来
任凭月光翻过禹王碑
恪守着淡泊的本性与长夜的根骨
我只借着青灯远望，参与将是微不足道的
你我永远隔着一道水袖的距离
甩一下是云梯悬浮，再甩一下是英雄白发
我相信这一山的清风明月，能让自己仙风道骨

与栈道古藤，岁月悠长

一条河转身，两岸还在爱着，窃窃低语

光阴中

阴晴圆缺有人为的悲悯

少年游

明月不知道来自何处
一声雁鸣把它唤住，瘦弱的书生
终于匹马单衣，驻足于石鼓山前
突然之间
有莫可名状的激动
琴曲自内心涌出，和着整座山的鼓点

莫问少年的月光来自哪里
一盏油灯有远方的梦想
任窗边落木萧萧，湘水滔滔
书剑经过的秋，沉郁如杜甫的诗
若纵马归去，必有豪情万丈

锦绣（外一首）

/ 殷君发

锦绣

到石鼓，一定会写到
“石鼓江山锦绣华”
一定会写到石鼓书院和七贤八景
一定会写到周敦颐和爱莲说
“西湖夜放白莲花”，司前街的“二月八”
写到合江亭和来雁塔
还有酒香千年的青草桥

我还会写到厕所革命
写到蔬菜基地和玫瑰园
写到银杯水库和农家乐
毫无疑问，我更会写到
每一张笑脸，以及笑脸背后的
勤劳，勤劳背后的幸福
还有幸福背后的一泓江水
一方人民，锦绣延绵

玉带

紧贴大地，顺着村民的心跳律动
每一米延伸，接通生动的笑容
杨灵公路接通人间锦绣

水稻，蔬菜，樟树
玫瑰，菊花，桂子
虫吟，鸟叫，蛙鸣
一步一景，连片精彩
杨灵公路，与石鼓书院的
圣贤哲思神通，与素雅静谧的
西湖白莲对接，与巍然矗立的
来雁塔相守，共同融为石鼓基因
绽放在22万多人的血脉中

天下之大，杨灵公路拓展视野
华夏之美，石鼓繁华镶嵌其中
在角山，在青山，在黄沙湾
在心中的每一个角落

杨灵公路是一张网，一片景，

一条玉带，呼啸致富车流

承载幸福密码，勾勒大美江山

在石鼓书院遇见一只寒鸦

/ 资若铭

当秋风吹过书院的屋檐
第一片银杏叶开始落下
它眺望湘水奔腾而去
心中有千年门庭的历史
和诸子文豪的身影
天空暗淡，风雨如晦
秋雨随诗书浸入泥土
寒鸦飞落青苔上，足迹斑斑点点
叫声凄冷，穿过院墙，直抵人心
激起我胸中多年的往事
历史是智者的知己
文化是山水的爱人
明月悄然升起，人世日益薄凉
寒鸦飞走，不再回来
我吹着秋风，不想从前，不念故人
只把一段深情
藏于江上流水，藏于书院每片屋瓦
和每一位过客

石鼓广场上的银杏（外一首）

/ 谢丽

石鼓广场上的银杏

那株翘首仰望大雁南归的银杏
持千把金色的蒲扇，拍开
世俗陋见，轻摇七贤的哲思

它矗立广场，华表一般威仪
怀里的蝴蝶，穿古越今
在风中自由而快乐

它守护江山，披阅石书
泰然经受风霜雨雪，烈日雷电
根须伸进书院，笑对三水汇流

繁密的叶子是结集的经典
最想在晴朗的夜晚，与家人
伫立树下，听月光解读唐宋

石书

在雁城一隅，敞开心扉
仰望亘古星空。月光痴念
侵蚀几世的爱，一生的禅

光芒尽敛，影子悠长
襟怀抖擞的文字，开枝散叶
千百年来遍走天涯，光大湖湘

观三江潮涌，看雁翅高翔
蜡炬瘦了，悬梁不倦，戒尺不累
训读的时光，像血液温暖人体

朱熹的文字，字字珠玑
经得住日晒雨淋。身边的银杏
于清秋读出，片片黄金

石鼓七贤（外一首）

/ 谢冬梅

石鼓七贤

停止所有的梦与呓语
让思想驻足，贴近你们
视野的正前方，风雨如晦
我们试探着，敲击岁月
密封的壳，如石一般坚硬

不可企及的高度，从日晷
影子中跌落，成就千年之约
我们对视，在热浪翻滚的
初秋，与大观楼翘檐上的
几只乌鹊，一起发呆

砖青瓦黛，山体孤悬
无迹可寻的道路，只能听到
雨丝断裂后的脆弱，激荡人间的
故事，以及瓦楞间的道

渗进箜篌的卧竖凤首形制

而我除了把热情和体温
留给你们
正在最后一滴雨中
开花的，还有
一双即将苍老的眼睛

石鼓书院

千年银杏就站在石书的侧面
石鼓竖立在书院山门后
被虐杀过的生命，以及智慧
像山上的石头，缄默千载

时光急遽后移
墙垛缝隙间发黑的往事
朝我走来，并用彼此的孤独
互相触摸岁月的伤口

我们曾经丢失过许多
但不曾丢失过文明
一块石头，被雕成兽或战鼓
这是它的命，偶然或必然

放眼望去，大江流日夜
初秋的热风，依旧灼人情怀
有一只白皙的手
正在线装的纸张上游走

石鼓江山锦绣华（组诗）

/ 楚狂人

石鼓

让江水滞流，岸上花开半朵
鸟在天空悬停，翅膀残留烟云
让敲鼓的人沉沉入睡
鼓槌旁落，石鼓生出青苔

让所有的草木长有一颗慈悲之心
竹篁传来琴声和啸吟
高山流水，知己相聚
两三杯淡酒后，折柳赠别

而江里的欸乃之声永远动听
人们在花丛中熙熙攘攘
敲鼓的年轻人早已两腋生翅
云游四海，从此不问世事

国槐

让自己的影子在婆娑的枝叶间
游离出另一个我
并与风合谋。沿着曲折的树干向上
寻找岁月的沧桑

让自己幻化成一只鸟
用生涩的古典语调向周围游客娓娓道来
诸葛亮督办湘南军赋的奇闻逸事

然后，我们驻足武侯祠旁
轻扶树的疏影
看阳光用怎样的生花妙笔
描摹斑驳的历史印痕

石鼓七贤

忽然想穿越到一千多年前
那时，阳光暖暖，江水潮平
书院群贤毕至，唯闻江阁书声
竹石树木纷纷为此赋形

江中渔火闪烁，钓台晚唱
众贤在暮色中闲庭信步
或灯下漫笔。看红袖添香
悟“大凡物不得其平则鸣”之哲理

长天星河，凉风习习
他们也偶尔解衣衫，扇蒲扇，说俚语
而我只有远远地，让两鬓化为霜雪
恭候他们朗笑而来

摩崖石刻

所有的草木都在见证
那唐宋元明清的风
从江面吹来
一阵又一阵，在石刻上轻轻拂过

所有的雨水都洗刷不了
历史的、现在的、未来的
一个个文人墨客
在此摇头晃脑地赋诗吟唱

有谁见过那些人影幢幢的冠冕堂皇
只有这摩崖，像一位老人
怀揣着一本厚重的画册
拈须微笑，目送一江春水
汩汩北去

石鼓是一片江山

/ 雷雨时

当合江亭的檐角倔强地伸向天空
我毫不怀疑
它的影子里流淌着另一种河流
大地安静得像一个沙盘
湘水、蒸水、耒水的交汇
演绎着一场时光的战争
山川形胜之地
草木的舒展都在写下伟大的序章

湘江汩汩北去
李宽以这不息的波涛之声结庐
无数双脚印留驻的地方
书声长出了翅膀
眺望让明天成为颂歌与风景

唐诗宋词元曲点缀的霞光里
大雁飞过衡阳
这不朽的雨点

落在天空的字里行间

七贤传授的并非只有文字
侧耳倾听
与蓝墨水汹涌而来的
是一种倾诉
亦是一种呐喊
奔涌的心跳之声延展湖湘文化的主脉

鼓声来自岩石
鼓声来自血液中的潮动与呼啸的金戈铁甲
擂响阳刚之气的英雄之城
包括懦弱的你、勇敢的你
卑怯的你、坚定的你
都是一座座行走的南岳衡山

今夜，圆月以清辉传递千古咏叹
因为一面石鼓
空气不可遏制地震荡
我内心深处的沉默
亦是致敬
向千年书院，向从未停止澎湃的江涛